Pina Mandolfo
Das Begehren

Pina Mandolfo

Das Begehren

Roman

Aus dem Italienischen von
Viktoria von Schirach

Piper
München Zürich

Die Originalausgabe erschien 1995 unter dem Titel »Desiderio« bei La Tartaruga in Mailand. Der Gedichtanfang von Sylvia Plaths »Der Rivale« (S. 73) ist zitiert aus ihrem Gedichtband »Ariel« in der deutschen Übertragung von Erich Fried (Bibliothek Suhrkamp 380).

ISBN 3-492-03838-7

Gesetzt aus der Linotype Walbaum
Gesamtherstellung: Clausen & Bosse, Leck
Printed in Germany

1

Die Geschehnisse des eigenen Lebens in Erzählungen zu verwandeln ist ein großes Glück, vielleicht die einzige Form vollkommenen Glücks, die einem Menschen auf dieser Welt widerfahren kann. Karen Blixen

Meine Liebe, hier bin ich. Endlich ergreife ich wieder das Wort. Ich will es wagen und die Wüsten der Erinnerung in Deinem Kopf durchqueren. Mit Gewalt hast Du Dich losgerissen, ohne eine Erklärung für mich. Du hast mich stumm vor Wut und Schmerz gemacht.

Monate später dann Deine Stimme am Telefon. Soll das, was Du mir anbietest, vielleicht eine Wiedergutmachung sein? Eine Kiste edler Wein. Sie wird die ganze Halbinsel entlangreisen, um ihre Mission zu erfüllen. Sechs Flaschen edler Wein werden mich Deinen Worten noch einmal ausliefern. Worten, die keinen Körper mehr haben und auch kein Begehren. Sechs Flaschen ekelerregender edler Wein, um noch einmal und endgültig meinen Körper zu vergessen und meine Worte.

Wie in einem Traum schwillt alles in meinem Kopf unmäßig an. Der Schmerz, die Wut, die Verzweiflung, die ich Monate hindurch kunstvoll zu einem Strickmuster verknüpft hatte, wollen sich nicht mehr fügen. Darüber will ich schreiben. Dir schreiben. Das ist ein Vorsatz, der mich tröstet in diesen Wochen, in denen der Wunsch zu wissen, und mehr noch der, die Dinge beim Namen zu nennen, in Deine Richtung drängen. Die Entscheidung fällt an einem Nachmittag im Februar. Einem trüben. Eine Seltenheit in der Gegend, in der ich lebe.

An einem solchen Nachmittag möchte ich Dich gar nicht hier haben, meine Liebste. Wenn Du hiersein wolltest, würde ich Dir einen jener unzähligen Nachmittage schenken, an denen das Licht, die Farbe der Luft, der Duft des Himmels uns betäuben, uns kasteien und meine Empfindungen sich weiten.

Deine Abwesenheit zerfrißt mein Gehirn, bringt mein Herz aus dem Takt. Klingen der Schwermut schneiden mir ins Fleisch.

Es gibt da eine Erinnerung, ein Bild: Ein Mädchen läuft durch hohe gelbe Ähren, mit ausgestreckten Händen bahnt es sich einen Weg – fort von der Schwermut, dem Verrat, dem Verlassensein. So sehe ich mich selbst, auf ein Foto gebannt. Gemacht hat es mein Vater, der mir zugleich die Mutter ersetzte. Nicht daß ich keine gehabt hätte. Aber diese einzige hatte weder Augen noch Zeit für mich. So daß ich schließlich, um diese Nachlässigkeit weniger schwer wiegen zu lassen, auch meinerseits ihr nicht viel Zeit schenkte.

Wieder einmal, zum hundertstenmal in meinem Leben, fahre ich fort von hier. Fort von diesem überschwenglichen Landstrich, diesem Hunger nach Liebe, zu Dir. Illusion eines Waffenstillstands, einer Wiedergutmachung.

Und dennoch, jetzt gibt es keine Geschichte mehr. Wenn man sich verliebt, muß die Vergangenheit umgeschrieben werden. Dem Verstand erschließen sich ganz unbekannte Bedeutungen.

2

Heute ist Reinemachetag hier bei mir zu Hause. Mein Reich ist wieder sauber. Ordentlich. Das lasse ich mit einer gewissen Regelmäßigkeit machen. Ich habe jetzt keine Zeit mehr, mich selbst darum zu kümmern.

Ich hasse Unordnung, sie ist für mich wie ein Gefängnis. Sie zeigt zu viele Spuren der vergehenden Tage.

Deine Unordnung allerdings liebte ich. Glücklich sammelte ich überall im Haus Handtücher auf, Pyjamateile, volle Aschenbecher, Gläser, jede Menge Haare und ein grünes Feuerzeug in Form eines Krummsäbels.

Dich beim Aufwachen neben mir wiederzufinden war ein Glück, das nichts anderes enthielt. Hals über Kopf rasten wir zum Flughafen, immer gerade noch rechtzeitig. Ich, die ich immer Angst vorm Fliegen habe, betete, stell Dir vor: »Wenn meine Liebste nur alles heil übersteht, dann will ich mich auch nicht darüber beklagen, daß sie abreist.« Ich bitte die Götter nie um etwas, ohne ihnen dafür eine Gegengabe anzubieten. So schob ich das Flugzeug an, das immer höher stieg. Dabei hätte ich mich festklammern wollen an diesem Ding, das meine Liebste von mir forttrug.

Kaum war ich zu Hause, belagerte ich auch schon das Telefon.

»Ich bin's, ich bin gerade angekommen.«

»Alles in Ordnung?«

Mehr brachte ich nicht heraus. Erst wenn ich den Hörer wieder aufgelegt hatte, kamen mir tausend Gedanken in den Sinn.

Ich räumte sorgfältig auf. Das letzte Ritual jeder Trennung, vor dem Schlafengehen. Endlich.

Niemandem hätte ich gestattet, sich zwischen Deinen unzähligen Spuren zu bewegen, die

Gegenstände aufzuheben, die Du jedesmal unweigerlich vergessen hast. Eine beruhigende Verbindung zu unserer nächsten Begegnung.

Jetzt ist alles ordentlich. Ich muß aus dem Haus. Die Hunde losmachen. Mir ist kalt.

Aber warum hast Du, wenn für Dich schon alles klar war, jenes letzte Mal Deinen Fotoapparat, einen rosa Regenmantel und Deine Zahnbürste vergessen? Ich wette, mehr als den Tod fürchtest Du zu leiden. Du brauchst keine Angst zu haben, ich will es Dir nicht wünschen. Du verdienst nicht, daß ich mir das Gewicht eines solchen Begehrens aufbürde.

Ich strich über Deine Lider: »Es wird zu Ende gehen, das ist mir schon einmal passiert«, und Du: »Warum sollte es zu Ende gehen, woher willst du das wissen?« Keine Falte Deines Körpers entging mir. Du warst wunderschön.

»Noch nicht, ich bitte dich, wir kennen uns noch nicht gut genug.«

Unsere Körper nebeneinander. Deine Brüste, Deine Füße, wie die einer Königin. Das war es, aristokratisch. Vollkommen. Ich liebkoste Dich, folgte Deinem Begehren.

»Soll ich duschen?«

Du schmecktest nach Salz und Algen. Wir hatten den ganzen Nachmittag am Strand verbracht. Ich hatte mich abseits gehalten während Deiner Liebesvereinigung mit dem Meer. Während Du in ihm versankst, spürte ich, daß es bei der Verführung mein Komplize war. War es nur ein Spiel des Zufalls, das Euch zusammenführte? Nur dieses Spiel enthüllt die Geheimnisse: wie es kommt, daß die Tochter in den Schoß der Mutter zurückkehrt. Wenn das die Beziehung war, die Du zu meinem Land hattest, wie hast Du sie dann verraten können?

Eigentlich wollte ich Dir nur eine Überraschung bereiten, damals in Rom, am 2. November 1993. Es herrschte eine seltsame Atmosphäre. Ein ungesundes Grau, das mich hätte warnen müssen. Aber ich wollte nicht hören. Ich liebte Dich, und in vollkommener Unkenntnis Deiner Falschheit glaubte ich an meine eigene Macht. Immerhin hatte mich Dein Schweigen seit einer Woche vorsichtig werden lassen, und ich übernachtete in einem Hotel. In meiner heillosen Naivität redete ich mir die ganze Nacht ein, die Tatsache, daß ich so viele Kilometer zurückgelegt hatte, nur um Dir eine Überraschung zu bereiten, würde Dir alle Zurückhaltung nehmen. Am Morgen wählte ich Deine Nummer.

»Nein, bei mir zu Hause nicht. Mittags auch nicht, da bin ich schon verabredet.«

Auf der Piazza Navona. Einen Augenblick lang. Gerade genug, um mir zu sagen, daß wir – besser Schluß machen sollten.

Ich habe Dir schon gesagt, daß ich mir den Tod nie als Befreiung vorstelle. Er ist zu aufwendig für jemanden, der sich plötzlich mit unbändiger Wut auseinandersetzen muß, mit Verzweiflung.

Doch da bist Du auf einmal bereit, mich bis zum Hotel zu begleiten. Zwei Haltestellen mit dem Bus. Du bezahlst sogar die Fahrscheine. Was ist passiert? Ich klammere mich an die Zahlen. Zwei Wochen. Erst zwei Wochen zuvor warst Du von mir zu Hause weggefahren. Es gab nichts, was Dir nicht angeboten worden wäre.

Ich nehme mir die Freiheit zu sprechen. Warum sollte ich schweigen? Was gibt Dir das Recht anzunehmen, ich ließe Deine Versäumnisse ungeahndet? Schweigen. Perverse Mystifikation des Begriffs Würde. Komplizenschaft mit der Unabänderlichkeit des Tatbestands. Aber es ist Deine Unabänderlichkeit, Dein abstoßendes Zurückweichen. Man schweigt nur zu zweit. Wenn man sich einig ist. Die Freude, unter einer Decke zu stecken. Ich will weder schweigen noch vergessen. Dich zu vergessen wäre, als würde ich mich selbst vergessen.

3

Im Dezember färben sich die Orangenhaine bunt. Kilometerweit rase ich zwischen den Bäumen entlang. Mit meinem hektischen, geordneten, konstruktiven Tagesablauf gelingt es mir, die Erinnerung zu betäuben.

Unser Fujiyama ist jetzt weiß und weniger bedrohlich.

Nur wenn ich mit meinem Caravan rase, läßt mein Kampf nach. Ich beginne ein Gespräch ohne Einschränkungen mit dieser tröstlichen Erde der Exzesse. Ich erzähle von unseren Körpern, die einander lustvoll genießen, ohne Rückhalt und ohne Scham, gelöst in einem vollkommenen Rhythmus der Lust. Wir erschöpfen unsere Energien und finden neue Quellen jenseits der Zeit.

Die nordische Torheit Deines Geistes hat all das mit trüben Nebeln zugedeckt, hat es mit einem irrwitzigen, betäubenden Arbeitsrhythmus vollgekleistert. Worin unterscheidet sich eigentlich für Dich Deine Arbeit von der Überdosis für einen Drogensüchtigen?

Ich finde keine Ruhe. Ich kann nicht loslassen. Der Computer hat keine Geheimnisse mehr für mich. Vier Zeitungen am Tag für sorgfältige Recherchen, die Schere stets griffbereit. Meine Karteikästen sind perfekt. Eine gute Lehrerin. Hervorragende Ergebnisse. Eine ideale Koordinatorin. Eine kluge Vermittlerin von Zusammenhängen. Reden. Mit allen reden. Geschwätzigkeit: ein Tampon gegen die Erinnerung.

Wenn Du Dir die Schwermut versagst, ist die Strafe um so schlimmer. Das Verlassensein ist da, lauernd, brutal, es breitet sich aus wie ein Krebsgeschwür. So eins hatte ich bereits, und während der ganzen Zeit, in der ich behandelt wurde, dachte ich nie an den Tod. An dieser Schwermut hingegen könnte ich sterben, das spüre ich.

Inzwischen bin ich nur noch mit diesen Seiten bei Dir. Diese Blätter und der Text, mit dem sie sich füllen, sind mir unentbehrlich geworden. Für sie gestalte ich meinen Zeitplan um. Hartnäckig bahne ich mir einen Weg zu Dir.

4

In der schwülen Augusthitze die Ufer des Arno entlangzuspazieren war eine Tortur. Du erzähltest von jenem Schulausflug, an dem Du die Bewunderung Deines Lehrers loswerden wolltest und deshalb zu einer Lobpreisung des Barock ansetztest, gegen die von ihm so geliebte Renaissance. Ich wage nicht, es mir einzugestehen, aber ich spüre, daß Liebe für Dich immer mit Grauen verbunden ist. Ein verzweifeltes Bedürfnis, das Du nicht stillen kannst.

Die Schwüle schlang sich um meinen Körper,

schnürte mir die Kehle zu, und Du erzähltest, wie Du als kleines Mädchen mit Deinem Vater und seinen Freunden in der sicherlich nicht gerade wohlriechenden Gesellschaft mehrerer Hunde in die Toskana fuhrst, um Wildschweine zu jagen. Es gelang uns nicht, den Jagdverein zu finden, wo Du mit ihnen warst.

Deinen melancholischen Erinnerungen zuliebe hatte ich der Hitze widerstanden, und schließlich retteten mich eine riesige Gemüseplatte, in Eiswürfeln ertrunkener Weißwein und eine Klimaanlage – etwas, was ich hasse – in einem Restaurant voller Touristen. Wir tauschten unsere Uhren, ich ließ Dich eine Kette anprobieren, die ich am Tag vorher gekauft hatte, während ich durch die Stadt bummelte und wartete, daß Du aus Rom eintrafst. Rasch gingen wir die Zeit zurück, die uns so unterschiedlich geprägt hatte, und verglichen amüsiert die Fotos auf unseren Führerscheinen. Ich war müde und glücklich.

Wir nahmen ein Taxi, um nicht zu spät zu einer der Filmvorführungen zu kommen, die der offizielle Grund unseres Aufenthalts waren.

Erst abends, auf jener Terrasse, erholte sich mein von der Hitze erschöpfter Körper wieder. Die Bilder glitten über die Leinwand, und manchmal warst Du neben mir, mit einem Glas Bier und einer Sonnenbrille unter den Sternen.

»Schlafen wir heute nacht zusammen?«

Das sagtest Du ganz leise zu mir, den Kopf auf meine Schulter gelegt. Ich roch Deinen Duft, Dein Begehren. Ich tat sehr anständig, scheinbar entschlossen, den Film bis zu Ende zu sehen. Doch in Wirklichkeit war es die Lust des Wartens, auf die ich um keinen Preis verzichten wollte.

Vorsichtig schlichst Du in mein Zimmer. Wem wäre es je in den Sinn gekommen, uns ein Doppelzimmer zu geben?

Du hattest mir ein Geschenk mitgebracht. Einen winzigen, sehr wertvollen Kassettenrecorder. Ich hätte gern gewußt, was in Deinem Kopf vorging, wenn er Dir zu Geschenken für mich riet. Am liebsten hätte ich die Dauer Deiner Aufmerksamkeiten ins Unendliche ausgedehnt. Das Päckchen hielt ich in der Hand.

»Mach es doch auf. Worauf wartest du noch?«

Darin lag ein Kärtchen: »Das ist für Dich... Entschuldige... aber ich meinte einfach, in Deiner Koffer-Wohnung fehlte ein Gegenstand wie dieser, mit dem Du auf Deinen Reisen die Welt ›einfangen‹ kannst! Ich freue mich, daß gerade ich ihn Dir schenke, denn ich finde, er ist ein bedeutungsvolles ›Siegel‹ unseres Bundes. Ich liebe Dich. E.«

Der Bund, das subtile Spiel der Komplizenschaft, das waren die Hauptmerkmale des Begehrens, das ich Dir gegenüber verspürte. Ob Du das gemerkt hast? Geschrieben hast Du es. Ich spürte, daß unsere Seelen einander derart nah waren, daß wir zugeben mußten: Bisweilen kommt das Leben uns trotz allem ein wenig entgegen.

Ich kann die Dinge nicht »normal« erleben, ich bin auf der Welt, um Gewohnheiten zu durchbrechen. Nur meine eigene Ordnung und Harmonie geben mir Halt im Labyrinth der Normen. Doch im Bund mit Dir hätte ich endlich auf Zehenspitzen gehen können oder flüstern.

Meistens reistest Du vor mir ab, und ich konnte endlich ausschlafen.

Am Ende des Florenz-Aufenthalts fuhrst Du nach Nizza, um Deine Mutter zu besuchen. Rom ist Dein Arbeitswohnsitz, aber Dein wirkliches Zuhause liegt weiter nördlich. Dort wolltest Du nach Deiner Rückkehr aus Frankreich bleiben.

Da kein Ort zu fern war, solange ich dort nur

näher bei Dir war, nahm ich die Einladung eines befreundeten Paares an und fuhr für ein paar Tage ins Aosta-Tal.

5

Der Sommer blieb weiterhin extrem heiß. Das Aosta-Tal offenbarte sich mir in seiner entwaffnenden Monotonie. Doch für die Tage, die bis zu unserem Wiedersehen fehlten, konnte ich es ertragen. Ich ertrug sogar, daß meine Freunde mit Hund und Klimaanlage reisten. Am Schluß mußte ich wegen einer akuten Mandelentzündung eine Schachtel Antibiotika schlucken.

Die beiden stritten ständig während der Fahrt. Ich glaube, mehr als ein Bedürfnis war es ihnen ein Vergnügen. Sie brachte ihn so weit, daß er wütend und ohnmächtig verstummte. Ich zog mich zurück und verschob dabei meine Toleranzgrenze ein wenig nach vorn. Meine Energien waren auf etwas anderes gerichtet. Weiter hinunter ins Tal zu kommen, um Deine Orte zu sehen, war mein einziges Interesse.

Ob es die Macht des Begehrens war? Aber in solchen Fällen kommt mir immer irgend etwas zu Hilfe, und diesmal waren es die ausgebuchten Hotels.

»Terrassenanbau, Mikroklima, Cannabis...«

Deine Stimme klang in mir nach und schürte mein Begehren. Ich würde mein Herz und meine Augen mit diesen Orten vollsaugen. Sie würden mir über Dich erzählen, was mir fehlte, in allen Einzelheiten.

Es scheint mir, daß das menschliche Herz sich zum größten Teil allein von Orten nähren sollte.

Doch sehen würde ich Dich dort bestimmt nicht. Ich spürte, daß Du diese Möglichkeit verhindern würdest. Wolltest Du ein Stück Deiner Realität vor mir schützen? Vor uns beiden? Oder was war es sonst?

Seltsame Gebräuche fremder Länder. Des Nordens. Daß nur keiner Eure Häuser betritt. Je offener wir Euch in unseren Häusern aufnehmen, desto mehr Riegel bringt Ihr an Euren an.

Wölfe, böse Wölfe stecken zweifellos in Euren Köpfen.

Nachdem sie nun einmal das Aosta-Tal verlassen mußten, beschlossen meine Reisegefährten, sich wenigstens bei der Wahl des Hotels in nichts einzuschränken. Es thronte über Hängen und Terrassen von dichtem, sattem Grün, durchbrochen von Wasserspiegeln, die so regelmäßige Konturen hatten, daß sie künstlich wirkten. Ich könnte nicht sagen, warum die Landschaft bei Sonnenuntergang von dort oben gesehen so unheimlich auf mich wirkte; sie war von einer fast magischen Starre, während sie sich bei Dunkelheit in ein endloses Lichtermeer verwandelte.

Manchmal stellte ich mir vor, Deinen Ort erkannt zu haben, und hob den Blick von der Landkarte. Doch auch diese Sicherheit bekam sofort ungenaue und verschwommene Konturen, in denen Begehren, Enttäuschung und Melancholie den Ton angaben.

Der Hund war zwar eine Tortur, dafür aber ein Kosmopolit. Er hatte Beziehungen zu einer russischen Familie geknüpft, die ebenfalls in dem Burghotel zu Gast war, das angeblich früher einmal Eleonora Duse und Arrigo Boito, als sie des Ruhmes müde waren, als Liebesnest gedient hatte.

Ich fragte mich, wie die Russen sich so lange und kostspielige Ferien in Italien leisten konnten, einschließlich mitreisender Dolmetscherin.

Sie, die für sie sprach und ihren Blicken und ihrem Lächeln Stimme verlieh, erklärte uns alles; auf diese Weise hatte ich, obwohl eigentlich ohne Interesse an der Erzählung, zumindest in diesem Moment meines Lebens die Gelegenheit, mich von der Last unserer wirtschaftlichen »Überlegenheit« befreit zu fühlen.

Da waren wir, verzauberte Reisende wie in einer Erzählung, in diesem heißen August, und auch die Russen wollten ihre Wünsche den Sternen anvertrauen. Es war die Nacht von San Lorenzo, und an unsere Träume geklammert warteten wir auf eine Sternschnuppe. Ich begnügte mich mit einem kleinen Sternchen, das nur zögernd fiel. Ich spürte, daß Du nicht kommen würdest, und mir war kalt.

Ich entfernte mich als erste von der Gruppe und mußte gleich darauf feststellen, daß sich alle erdenklichen Arten von nächtlichen Insekten meines Zimmers bemächtigt hatten. Ein Gefühl der Ohnmacht und der Frustration schnürte mir die Kehle zu und löste sich später endlich in Tränen auf.

11. August 1993. Dein Nein am Morgen am Telefon war endgültig. Ich ließ mich zum Bahnhof bringen. Auch meine wirtschaftliche Lage hatte stark gelitten. Ich würde meine Schwester und ihre Familie in Nizza aufsuchen und darauf warten, Dich irgendwo anders wiederzusehen.

6

Mit Dir hatte ich endlich eine ferne Liebe. So kann der Schmerz sein, eine so besondere, ferne Liebe zu haben: Nahrung für das Begehren, Zauber für die Phantasie. Dieser Schmerz gab mir Freiheit. Niemand brachte meinen Rhythmus durcheinander. Er wuchs durch die Erwartung. Er setzte aus und wieder ein. Oft an verschiedenen Orten.

Heute weiß ich, daß ich mir immer schon eine ferne Liebe gewünscht hatte. Kannst Du mir etwa noch verbieten, Dich so zu nennen, auf die allereinfachste Weise: »Meine Liebste«? Endgültig ferne Liebste.

Ich habe gespürt, wie Deine Traurigkeit, die keiner sehen sollte, in mein Fleisch drang. Dein Bedürfnis nach Zärtlichkeit, das nicht ausgesprochen werden durfte. Deine Fröhlichkeit voller Staunen. Das Kind, das Du geblieben bist, weil Du nie müde wirst, die Welt zu entdecken.

Du hattest ein Verbot aufgestellt: Man durfte nicht »Ich liebe dich« sagen. Wir wären zu Tode erschrocken, wenn auch unsere Befürchtungen verschiedener Art waren.

Ich wiegte Dich in mir, und indem ich Dich wiegte, wiegte ich zugleich mich selbst.

Dich zu enttäuschen war entsetzlich für mich. Dich glücklich zu machen versetzte mich in Hochstimmung. Es muß doch einen echten, wichtigen Grund geben, auf all das zu verzichten.

Ich werde warten.

Wenn Du mir einen Grund nennen wolltest, würde ich nur akzeptieren, daß Du sagst: »Ich liebe dich nicht.« Alle anderen würden mir unrecht tun. Sag es nicht, ich bitte Dich. Ich werde Dir sowieso nicht glauben. Auch Du hast verstanden, daß wir nicht einfach zufällig von einem stumpfen Geist einander zugespielt worden sind. Tu mir nicht unrecht mit unsinnigen Begründungen. Nie geahnte Gefühle warteten lauernd in uns. Ferne Gedanken. Ferne Körper und Orte hatten ihr Exil unterbrochen.

Ich kenne den Grund für Deine Flucht: ein grausamer Wahn, der Dich plötzlich überkommt und durch Vergessen genährt wird.

Und ich war so anmaßend zu glauben, ich könnte Deine Wahnvorstellungen besiegen.

Welche niederträchtige, geisteskranke Ratgeberin hat Dich abgelenkt? Sie war meine Feindin.

Was ist das für ein Altar, der nach Opfern verlangt, die zu bringen unglücklich macht? Mit welcher grausamen Religion bist Du aufgewachsen? Hat Dir niemand gesagt, daß Verzicht nur eine fromme Lüge für schwache Herzen ist?

Hätte ich wenigstens Zugang zu den törichten Ratgebern in Deinem Innersten gehabt! Ich hätte sie überzeugt, daß nur böse Geister raten, sich dem Liebeserlebnis zu verweigern und sich statt dessen der Freizeit, der Arbeit oder weiß der Teufel was noch zu widmen. All das wird dem Wind der Wüste ausgesetzt sein, der die Kehle austrocknet und Muskeln und Gehirn schließlich bersten läßt.

Ich warte auf eine Wiedergutmachung. Es ist

nicht rechtens, Liebe zu nehmen, ohne sie zu benennen. Noch Glück in Empfang zu nehmen, ohne sich zu verpflichten, es zurückzugeben.

7

Niemals wird jener Teil von uns, der ein kleines Mädchen geblieben ist, ganz tot sein. Und sollte das doch geschehen, so wird es bedeuten, daß auch wir für immer tot sind.

Ich bot mich Dir als Bürgin für eine Wiedergeburt an. Manchmal war es ein subtiles und unterhaltsames Spiel. Ich, die Nervöse, Ungeduldige, Widerstrebende, die nie nachgeben wollte und ebensowenig zu Kompromissen bereit war, stellte mich Dir zur Verfügung. Ich wurde zur Komplizin, ohne daß Du es wußtest. Eine Hundertjährige im Spiel der Verführung.

Das Warten war eines der Zeichen des Spiels und auch das Zeichen, unter dem diese Geschichte stand: Die Zeiten mußten sich erst noch dehnen, all Dein Begehren umfassen, all Deine Bedürfnisse, Dich selbst zu behaupten.

Santa Marinella, 19. August 1993. Ich stand ganz unten auf deiner schier endlosen Prioritätenliste. Das war für mich unerträglich. Seit zehn Tagen folgte ich Dir nun schon die ganze Halbinsel hinauf und hinunter. Endlich, am Telefon, Dein »Es ist machbar.«

Deine Stimme zu hören machte mich verrückt. Ich hätte Dir stundenlang zuhören können. Unsere völlig unterschiedlichen Sprechweisen verflochten sich zu einer Kombination mit unendlichen Möglichkeiten.

Am nächsten Tag würdest Du kommen und mit mir zusammen nach Assisi fahren.

Glücklichsein löst bei mir immer ein Übermaß an Fürsorglichkeit für andere aus. Die Freunde, bei denen ich übernachtete, werden sich gefragt haben, warum die Ankunft einer Freundin derartige Begeisterung auslöste.

Die Angst, Dir fremd geworden zu sein, war auf einmal wie weggeblasen.

Du hast bis Assisi, wo ich ein Tanz-Seminar besuchen wollte, am Steuer gesessen. Ich fühlte mich wie benommen: Du so nah und dazu noch die Hitze.

»Nimm die Hand weg. Ein Auto. Da hast du's, sie sehen zu uns herüber.«

Ich streichelte Deinen Nacken unter dem Haar. Mir gefiel alles an Deinen unvernünftigen Ängsten, doch am meisten gefiel es mir, sie zu provozieren.

»Was kümmert dich das? Wir sehen sie doch nie wieder. Außerdem: Wie kommst du darauf, daß sie uns sehen können bei diesem Tempo?«

»Ich glaube, du bist einfach verrückt!«

Ganz und gar nicht. Glaubst Du, ich weiß nicht, wie man sich benimmt? Du kannst den Anrufbeantworter ruhig ausschalten. Ich rufe nicht an. Deine Nummer drängt sich mir auf. Aber bei der letzten Acht lege ich immer auf. An keiner Deiner Prioritäten wird gerührt werden.

Wenn ich sicher wäre, daß ich noch eine Trennung, noch eine Zurückweisung überstehen könnte, würde ich Dich anflehen, meine Liebste. Ich würde Dich bitten, daß wir noch einmal miteinander schlafen; dann hätte ich den Geruch Deines Körpers für immer in mir verankert.

Jetzt wirst Du allerdings keine meiner Tränen mehr bekommen. Mein Terminkalender ist Tag für Tag mit beruhigenden Listen gefüllt. Alles fügt sich zu einem perfekten Puzzle zusammen. Meine Seele wird nicht verlassen und gedemütigt zugrunde gehen. Meine Seele ist jetzt in Sicherheit. Sie fordert Wiedergutmachung. Sie ist fest entschlossen. Sie weiß, wie. Sie verschafft sich Bestätigung.

Mit wem gehst Du ins Bett? Wage bloß nicht, es mir zu sagen. Ich will es nicht wissen. Wer weiß schon, daß Liebe Zeit kostet und Aufmerksamkeit? Wer weiß schon, daß man einen Körper mit Hingabe liebkost? Niemand soll wissen, wie man einen Körper mit Hingabe liebkost. Paß gut auf, daß Du diese Gaben für Dich behältst.

Du bietest mir Deine Wertschätzung an. Wage nur nicht, mir Deine Wertschätzung anzubieten. Mir graut vor Deiner Wertschätzung. Paß nur auf, daß niemand anders erfährt, wie man einen Körper mit Hingabe liebkost, während meine Seele zugrunde geht, gedemütigt durch Dein mangelndes Begehren. Deine Abwesenheit ist eine schleichende, aufdringliche Gegenwart geworden. Sie frißt sich in mein Gehirn, reißt mir das Fleisch von den Knochen und hinterläßt in meinem Körper tiefe Krater, die ich gar nicht schnell genug heilen kann, ohne sofort wieder neue zu entdecken.

Verlassensein ist wie ein ungesundes Gefängnis, und kein noch so milder Richter könnte mich daraus entlassen.

Einmal in Assisi angekommen, würden wir vierundzwanzig Stunden miteinander verbringen, bevor ich zu meiner Tanzgruppe stieß und Du zurück nach Rom zu Deiner Arbeit rastest, um mich am Wochenende wieder abzuholen.

Die Wahl des Hotels war kein einfaches Unternehmen mit Dir. Die Hitze und Deine Unentschlossenheit stellten mich immer wieder auf die Probe.

»Dann entscheide eben ich. Ich bitte dich, ich kann nicht mehr.«

In der hochmütigen Annahme, in diesem heißen August überall ein Hotelzimmer zu finden, hattest Du mich zweimal quer durch die Stadt und auf die umliegenden Hügel geschickt. Es war nicht ganz klar, was für ein Hotel Du wirklich wolltest, aber diesmal sollte unbedingt ein Swimmingpool dabei sein. Wir beschlossen, uns an den Stand des Fremdenverkehrsamtes am Eingang der Stadt zu wenden.

Assisi, die Stätte der Erlösung, ist im Sommer zugleich auch ein belagerter Ort.

Als ich an der Reihe war, setzte ich all meine Überredungskünste ein und versuchte mit allen Mitteln, die Angestellte dazu zu bewegen, mir irgendwo ein Zimmer zu besorgen.

In Deinen düsteren Momenten nordischer Selbstbeherrschung würdest Du meine Hartnäckigkeit, wenn ich etwas erreichen will, Dreistigkeit nennen. Aber, mein Schatz, siehst Du denn wirklich nicht, daß es sich vielmehr um Mut handelt, um Energie, Phantasie und Leidenschaft? Und vielleicht gehört noch etwas dazu, eine Art levantinischer Schlauheit, das Beste, was meine Heimat hervorgebracht hat.

Natürlich bedurfte es einer Dosis Unverschämtheit, um dann auch noch einen Swimmingpool zu verlangen. Aber ich tat es nur aus Leidenschaft zu Dir, meine Liebste. So höflich in den Umgangsformen und so barbarisch in den Herzensregungen.

Die Frau rief überall an, hakte nach, zwischen den Telefonaten lächelten wir einander verständnisvoll zu, und als ich zurück zum Auto kam, konnte ich mit einem Doppelzimmer in einem Hotel mit Swimmingpool aufwarten.

Zwei große dunkle Augen blickten mich belustigt an: »Wo habe ich dich nur gefunden?«

Ich fühlte mich wie ein Kind, das seiner Mutter eine Freude gemacht hat.

Wir folgten gerade den Wegbeschreibungen der freundlichen Assisi-Dame, als Du, unfähig, einen freudigen Moment ganz auszuleben, anfingst, meine Begeisterung für die umbrische Landschaft zu attackieren. Meine Liebe, in den Jahren intensiven Umgangs mit Dir entstanden, begann tatsächlich zu wanken, als ich endlich den Swimmingpool sah und mich gerettet fühlte.

Deine unbezähmbare Redefertigkeit und die Hitze hatten mir schwer zugesetzt. Erschöpft sank ich aufs Bett, einen Augenblick lang nur, dann spürte ich auch schon, wie Dein nasser Körper mich umfing.

Wie vieler Bahnen hätte es wohl bedurft, um so schnell neue Energie aufzuladen? Da war ich wieder, mitgerissen von dem Begehren.

Noch nie in meinem Leben hatte ich derartig rauhe Leintücher gespürt. Doch dann wurde mir klar: Zwei ausschweifende Sünderinnen im Land der Heiligen verdienen eben nichts anderes als körperliche Pein. Allerdings war nur ich es, die sich in dem wundervollen »Zimmer mit Aussicht« die Ellbogen aufschürfte.

8

Unter den englischen Schriftstellern, die ich besonders schätze, nimmt Forster eine ziemlich privilegierte Stelle in meinem Herzen ein.

Diese Seiten sollen einige Hinweise enthalten auf das, was ich Dir nicht sagen konnte. Meine Leidenschaft für die Literatur zum Beispiel verlangt nach einem festen Platz in diesem Fragment der gemeinsamen Erinnerung.

Ich möchte Dir sagen, wie sehr ich überzeugt bin, daß die Macht der Literatur darin liegt, uns nicht vergessen zu lassen oder – mehr noch –

uns überhaupt erst ins Bewußtsein zu bringen, was die meisten unter uns verschweigen wollen. Sie ergänzt dabei die Geschichtsschreibung, indem sie zur Sprache bringt, was diese nicht sagt.

Was wären wir heute, wenn Virginia Woolf sich nicht über den hypothetischen Lebenslauf einer hypothetischen Schwester Shakespeares Gedanken gemacht hätte?

Doch um zu Forster zurückzukehren: Wenn ich Dir meine Liebe zu ihm erklären sollte, würden mir sofort mindestens zwei Gründe einfallen; der erste liegt in Forsters außergewöhnlicher Fähigkeit, die Arroganz der Briten ins Wanken gebracht zu haben, die dazu geführt hatte, daß sie sich absolut niemandem verpflichtet fühlten.

Findest Du nicht auch, meine Liebe, daß die Dankbarkeit uns frei macht? Jene Dankbarkeit, die reale Grenzen zieht zwischen uns und den anderen und uns dadurch wachsen läßt.

Doch ich möchte Dir, was meine Liebe zu diesem Schriftsteller angeht, auch den Grund nennen, der meinem Herzen am nächsten liegt: Forster reißt die barmherzigen Schleier herunter, die die sterblichen Regeln der allgemeinen Moral, der Scheinheiligkeit und der Ehrbarkeit über die Seelen der Menschen breiten, nachdem sie ihnen zuerst das Begehren und dann das Bewußtsein ihrer selbst ausgetrieben haben.

Jetzt bin ich wieder die naive, unverbesserliche Romantikerin, die im Bund mit den Genies der Weltliteratur zu Dir von Gefühlen spricht, von Aufrichtigkeit über alle Konventionen hinweg. Ob das wohl der richtige Weg ist, um zu Dir vorzudringen, der Meisterin des Betrugs, der Urheberin aller Falschheit?

Hier bin ich und leide, weil ich so viel gebe, so viel verlange und so viel über mich ergehen lasse.

Wie Du siehst, preise ich mich selbst an, und zwar schamlos.

9

Wenn es stimmt, was Proust sagt, daß Glück das Nichtvorhandensein von Leidenschaft ist, dann werde ich nie wissen, was Glück ist.
Anaïs Nin

Hier ist es bereits Frühling. Die Zeit ist kurz für die Mandelblüten, sie sind schneller als die Rosen und verwandeln sich im Nu in dichte, kleine grüne Blätter. Endlose Ebenen mit gelben, wild duftenden Margeriten kommen mir entgegen, betören mich. Jeder Duft drängt sich meinem Geruchssinn auf, geschichtslos, seit ich auf der Welt bin in diesem Land der Natur; Holunder, Rosmarin, Minze. Jeder Windhauch vermengt die Düfte, trägt sie bis an die drei Enden der Insel. Ich werde unvorsichtig sein, während ich darauf warte, daß ich durch die Orangenblüten endgültig betäubt und von einem Ende der Insel zum anderen geweht werde. Passero, Faro, Lilibeo. Die Verlorene, Proserpina, die von Pluto in die Unterwelt entführt wurde, fort von ihrer Mutter. Angst, Schmerz, die Trauer. Schwermut, Einsamkeit, die Zurückweisung. Freiheit.

Es heißt, daß es ein Entgegenkommen ist, wenn das Leben uns dort trifft, wo wir am meisten Angst haben. Darauf vorbereitet zu sein bedeutet Erwachsenwerden. Ich nicht, ich will keine Komplizin des Reifeprozesses werden. Der Verzicht tut mir weh. Das Verlassensein. Ich beiße die Zähne zusammen. Tödlicher Atemstillstand. Ich schaffe es nicht, Dich aus meinem Kopf zu verbannen. Deine Abwesenheit wird zur Obsession, sie wirft immer neue Fragen auf.

Ich ahne. Ich füge neu zusammen. Ich genese.

In der Ferne lasse ich Dich unnahbar bleiben: Mythos, Traum. Weder Grenzen noch Fehler gehören zu Dir. Ich verwandle mich, bin eine Zwergin, winzig, unbedeutend, Deiner Aufmerksamkeit nicht würdig.

Meine eigenen vier Wände nehmen mich auf, sie haben Mitleid, bieten mir Schutz. Wie durch ein Wunder zurückgekehrt, finde ich nach Tagen übermenschlicher Anstrengung wieder zu mir selbst. Aber ich gebe nicht nach. Bis in die späte Nacht hinein so viele Dinge wie möglich zu tun, als wollte ich die Zeit ausdehnen, fördert mein Gleichgewicht. Bei einer Aufstellung der Dinge, die ich am meisten hasse, würden an erster Stelle Trägheit und Zeitverschwendung stehen. Soll ich einen Waffenstillstand akzeptieren? Ich sehe die Zeitungen noch einmal durch, wähle aus und verteile die Ausschnitte in die Mappen, dann schreibe ich den Arbeitsplan für den folgenden Tag. Ich seife die Armaturen im Bad ein, mit einem fast schon erotischen Vergnügen. Jetzt ist alles ordentlich, glänzend und duftend. Manchmal reicht meine Energie auch noch für den Staubsauger. Ich würde das nie tun, wenn ich ausgeruht und kreativ wäre, aber ich brauche harmonische Räume, in denen ich mich wohl fühle, und jetzt muß ich sie auch vom Leid reinwaschen. Beim Aufwachen erwartet mich ein sauberes, wohlriechendes Badezimmer – und überall Licht. Es schließt die Unordnung vom Vortag aus. Ich erwache bei Licht. Abends schließe ich weder die Fensterläden, noch ziehe ich den Schlüssel aus dem Schloß. Die Ängste in meinem Inneren sind mir zu sehr gegenwärtig, als daß die Außenwelt eine Bedrohung für mich darstellen könnte. Gut, ich gebe zu, ich habe einen Garten, der zugleich ein Schutz für mich ist, und um mich herum meinen Familienclan.

In diesen Tagen sind die Bäume zurückgeschnitten worden. Ein beruhigendes Gefühl von Wiedergeburt.

Der Duft meiner Zimmerdecken nach Kiefernpech, der Deine Begeisterungsrufe ausgelöst hatte, ist übrigens immer noch da, weißt Du?

Abends, wenn ich meine Kleider in den Schrank räume, schiebe ich manchmal alles mit dem Arm zur Seite und sehe nach, ob Dein wertvoller Fotoapparat noch da ist. Das einzige, was uns noch verbindet?

Wenn das Telefon klingelt, denke ich nie, daß Du es sein könntest, aber jedesmal ertappe ich mich bei dem Wunsch danach. Dann sage ich mir, daß all das bald vorbei sein wird. Daß ich endlich Ruhe haben werde.

Fünf Monate sind jetzt vergangen seit jenem Tag auf der Piazza Navona, an dem Du Deiner ganzen Unmenschlichkeit Wort und Gestalt verliehen hast. Immer noch wiederhole ich mir, daß ich morgen früh beim Aufwachen nicht mehr an Dich denken werde. Und dann bist Du doch immer da, auftrumpfend. Auch darein muß ich mich fügen. Ich werde entsetzlich lange brauchen, um Dich zu vergessen, und damit es geschieht, muß irgendein ebenso starkes Ereignis eintreten.

Allzuoft überrasche ich mich dabei, mir vorzustellen, daß Du mir zusiehst, als ob ich meine Handlungen für Dich ausführen würde: Ich strecke den Rücken, gebe mich selbstsicher, spiele alle Arten der Verführung durch. So als ob plötzlich eine Tür aufgehen und Du dahinter stehen könntest. Dabei kannst Du gar keine Überraschungen bereiten. Nicht weil Dir etwa die Phantasie dazu fehlen würde; Du kannst es nicht, weil Du Dich endgültig in eine Karyatide verwandelst, die die Aufsicht über sich selbst und alle Gegenstände und Personen um sie herum hat.

Könnte es nicht sein, daß die Angst Dein Lebensentwurf ist? Die Unbeständigkeit Deines Charakters wird Dich noch ruinieren. Die krankhafte Skrupellosigkeit, mit der Du Dich an Deine Opfer klammerst, um sie später als ausgesaugte Hüllen Deines Beutezugs zurückzulassen.

Dies aufzuschreiben ist nicht immer gut für mich. Ich verspüre eine elende Schwäche gegenüber Erinnerungen, die unbezähmbare Wut in mir aufkommen lassen.

Und wenn ich beschließen würde, Dich umzubringen? Früher oder später muß das doch jemand tun.

Alle zwei Wochen spiele ich Tennis, und nie verfehle ich die Bälle, die Deinen Namen tragen.

10

Die zahlreichen kleinen Tierchen am Leben zu erhalten, die in mein Haus auf dem Land eindringen, bedeutet für mich hektische und hartnäckige Arbeit: vorsichtig und listenreich lese ich sie auf und trage sie ins Freie zurück. Nicht alle Gattungsnamen sind mir bekannt, aber ich kenne ihre Lebensphasen. Nur bei den beharrlichen und unzähligen Ameisen kommen mir Zweifel an meinem Plan, sie am Leben zu lassen. Ihre Spuren sind bereits überall zu sehen.

Heute ist der 29. März 1994. Seit längerer Zeit hatte man in unserem Land auf einen fruchtbaren Wahltag gewartet; und tatsächlich funkelt jetzt zwischen den Gaben einer verfrühten Jahreszeit die leuchtende Rüstung eines nordischen Ritters, der Licht und Wahrheit mit sich führt. Die Massen jubeln ihm zu.

Aufgrund dieses Ereignisses – und Du mußt zugeben, daß es kein geringes war – war ich vorübergehend wie geistesabwesend, und meine Gedanken ließen von Dir ab. Doch sofort kehre ich zu Dir zurück, mein einziges Gut. Ob auch Du angefangen hast, über diesen wackeren Ritter zu sprechen? Mit wem? Welches grausame Schicksal verbietet mir, meine Gedanken mit Dir auszutauschen?

Zusammengebracht hatte uns eines Deiner Arbeitsprojekte. Du hattest Dich mit solch einer Leidenschaft präsentiert, daß man Dir nichts abschlagen konnte. Du warst mitreißend. Manchmal fühlte ich mich Dir so nah, daß es mir unsinnig erschien, unsere Körper von dieser Nähe auszuschließen. Ich wurde immer bereitwilliger, ohne zu merken, daß sich alles in eine echte Plünderung zu verwandeln drohte. Doch das ist es nicht, was mir weh tut. Dich verloren zu haben, das allein läßt mir keine Ruhe.

Damals erzählte ich nie jemandem etwas von uns. Aber eines Tages sagte ich zu einem Freund: »Zur Zeit gibt es etwas in meinem Leben, was mich so glücklich macht, daß ich Angst bekomme. Du wirst sehen, ich werde noch dafür büßen müssen.«

Ich habe immer Angst gehabt, für mein Glück bezahlen zu müssen. In solchen Fällen zähle ich alle Strafen meines Lebens zusammen. Und auch diesmal schlug die Waage zu meinen Gunsten aus. Ich dachte, ich hätte alle Rechnungen beglichen, und mein Herz war erleichtert, während der Freund provozierend lächelte: »Du kannst dich jederzeit selbst bestrafen. Versage dir einfach dieses Glück.«

Ich wurde von panischer Angst ergriffen, Dich zu verlieren. Ich hatte mir die ganze Zeit gesagt, daß es bei dieser Beziehung keinerlei Garantie gab, daß sie von Dauer sein würde. Um mich auf ihr Ende einzustellen, hatte ich als Schlußpunkt den letzten Tag Deines Arbeitsprojekts angesetzt. Aber in Wirklichkeit weigerte ich mich, das zu akzeptieren. Unsere Körper, unsere Seelen und unser Geist knüpften immer engere Bande, und ich prüfte oft alle Knoten. Am liebsten hätte ich zu Dir gesagt: »Ich lass dich nicht fort. Um so mehr, als in meinem Leben kein Platz für kurzfristige Abenteuer ist und erst recht keiner für Sexgeschichten. Keine Abstinenz könnte für mich schlimmer sein als eine Demütigung durch mangelndes Begehren.«

In diesen Tagen habe ich noch einmal die Kassette eingelegt, die Du mir damals mitbrachtest, als Du mich aus Assisi abgeholt hast. Vielleicht gelingt es mir ja, die Schwermut im Zaum zu halten, oder ist es gerade die Schwermut, die mich drängt, diese Musikstücke wieder anzuhören?

Darauf stand geschrieben: *Akustischer Brief für P.* Obwohl Du in jener Woche hart arbeiten mußtest, hattest Du Dir die Zeit genommen, diese Stücke für mich zusammenzustellen. Wichtige Gesten in der Bemühung um eine Beziehung, die wir nicht für die Zukunft geplant hatten und um die ich dennoch zum erstenmal in meinem Leben mit aller Entschlossenheit, deren ich fähig bin, zu kämpfen bereit war. Und das ist nicht wenig, glaube mir. In den Musikstücken las ich Worte für mich und für Dich selbst. Darin stand Dein Wille zum Leben. Die Freude. Deine Schwermut. Meine steht immer noch darin. Ab und zu höre ich sie mir an, während der langen Strecken, die ich mit dem Auto zurücklege.

Wir verließen Assisi mit der Idee, nicht sofort

nach Rom zurückzukehren, und ich wollte alle meine Karten zu Gunsten Spellos ausspielen, das ich liebe, obwohl ich es in diesem Fall bestimmt mit Deiner alles betreffenden überkritischen Einstellung zu tun bekommen würde. Diesmal waren es die Priester von Assisi, die Deiner Meinung nach die Kunstdenkmäler der Stadt mit wilden und abenteuerlichen Restaurierungen ruinierten.

»Stell dir vor, sie lassen sogar die Pfadfinder dran.«

Du klopftest mit den Knöcheln ans Armaturenbrett, während ich belustigt und beifällig Deinen klugen Anklagereden zuhörte. Oft mußte ich dabei in Kauf nehmen, daß bei Deinen wortreichen Monologen für mich weder Raum noch Worte übrigblieben.

Nie werde ich mir verzeihen, Dich auch auf jene willfährige Art geliebt zu haben, mit der man der anderen eine Wahrheit verschweigt, die man nach und nach entdeckt: ihre Schwächen oder auch das eigene Unbehagen. Es ist eine tödliche Falle, ein grausamer Bumerang.

Aber, meine Liebste, Deine Wutausbrüche lähmten mich. Deine unversöhnlichen Gesten lösten bei mir Panik aus.

Ich habe nie die sadistische Weisheit gelernt,

andere vor die Offensichtlichkeit eines Problems, eines Widerspruchs oder eines ihrer Bedürfnisse zu stellen. Statt dessen preise ich lieber schamlos mich selbst an.

Und dennoch würde ich mein ganzes Reich dafür geben, wieder Deiner überkritischen Aggressivität ausgesetzt zu sein, Deinen tausend Widersprüchen.

Als wir in Spello ankamen, gefiel Dir das Hotel, die Stadt ebenfalls, und auch das »Zimmer mit Aussicht« ließ mich nicht im Stich. Du lagst mit dem Kopfhörer quer über dem Bett und ließest das Band vor- und zurücklaufen. Ich war neugierig, spielte aber die Gleichgültige. Schließlich sagtest Du, Du hättest Musikstücke für mich aufgenommen. Ich brachte es fertig, eher linkisch und ungeschickt zu wirken als freudig überrascht, und ich schaffte es nicht, Dich zu umarmen. Dich nach einer langen Pause wiederzusehen löste in mir immer eine Art Verlegenheit aus. Ich brauchte ein wenig Zeit, um den Abstand aufzuholen. Du, die Du alles in Eile verbrauchst, spürtest mein Unbehagen, und um beruhigt zu werden, was mein Begehren anging, riefst Du, die Antwort wohl kennend, aus: »Vielleicht hätte ich besser nicht kommen sollen!«

Du hieltest das Band an. Da war das Lied, das ich zuerst hören sollte.

»Es ist auf französisch, aber du wirst es bestimmt intuitiv verstehen.«

Ich kann kein Französisch und fühlte mich deshalb unsicher; ich würde kaum etwas verstehen, und wie würde ich in Deinen Augen dastehen! Doch in jenem Moment gab es etwas anderes, was mir Mut machte. Ich setzte den Kopfhörer auf, und Du drücktest den Knopf.

»Verliebt in dich, wie es schlimmer nicht mehr geht,
glaub mir, es geht nicht um Sex,
ich weiß, den gibt es auch, und eine Liebesnacht ist schon vorbei,
doch was ist schon ein Tropfen, verglichen mit dem Meer.
Verwirrt bin ich in dich verliebt,
aber eines überrascht mich noch mehr,
das bist hauptsächlich du …«

Das war in perfektem Italienisch. Dein spielerisches Talent wirkte immer sehr verführerisch auf mich.

Verlegen und glücklich hatte ich mich ein paar Schritte entfernt, um es zu Ende zu hören, ohne Dich ansehen zu müssen. Mit dem Rücken zum Zimmer stand ich auf dem Balkon und sah hinaus. Mitunter glaubte ich, Deinen Blick auf mir zu spüren – Du schwiegst. Vielleicht warst Du ebenfalls verwirrt und bereutest schon, was Du mir hattest sagen wollen. Ich hörte jedes Wort des Lieds, als sprächst Du zu mir, als würdest Du zum erstenmal, im Schutz einer fremden Stimme, sagen, daß Du mich liebst. Mir wurde klar, wie sehr ich mir gewünscht hatte, es Dich sagen zu hören. Um Dich nicht zu verunsichern, hatte ich mich angeglichen und hatte es auch nicht gesagt, kein einziges Mal.

Wir beschlossen, essen zu gehen. Im Spiegel fand ich mich wunderschön. Ich wähnte mich in Sicherheit. Am liebsten wäre ich mit Dir Arm in Arm gegangen, aber das kam mir banal vor. Wir hätten uns an den Händen halten können. Wer hätte schon auf uns geachtet in diesen wunderschönen Gäßchen aus vergangenen Zeiten? Welcher Blick hätte es uns verbieten können? Doch Du hattest Dich schon wieder gefaßt. Der Abstand zwischen uns und der übrigen Welt war unendlich, und wir mußten ihn respektieren. Mir erschien nur der zwischen uns beiden unendlich, und ich wagte es nicht, ihn zu überschreiten. Ich hatte schon genug erlebt und wollte das Gefühl haben, er sei unvermeidlich.

Nichts von dem, was wir aßen, schmeckte uns, und der Wein war wirklich schlecht. Wir sprachen kaum. Ich war geistesabwesend, weil ich an all die Leute dachte, die sich in jener Woche in Assisi meinem Herzen eingeprägt hatten. Frei und leicht hatte ich mit ihnen getanzt. Die Freude, die ich bei dem Gedanken an Dich verspürte, übertrug sich auf die anderen wie die Ringe, die ein ins Wasser geworfener Stein verursacht. Denn es ist wirklich so, daß wir uns durch eine geliebte Person, die wir mit egoistischer Liebe lieben, mit der ganzen Welt verbrüdern können.

Als wir so an jenem Tisch saßen und Du sorgenvoll über Deine Arbeit sprachst, ahnte ich, daß Du zwar Etappenziele erreicht haben mußtest, aber nichts von dem, was Talent oder Kreativität voraussetzt. Während Deiner Aufenthalte in meiner Heimat hattest Du ein Übermaß an Daten gesammelt, die Du offensichtlich nicht auswerten konntest. Deine Figuren wollten keine Gestalt annehmen, und ich verstand auch, warum: Es gelang ihnen nicht, in Deinem Herzen Gestalt anzunehmen.

Einander gegenübersitzend unterhielten wir uns zerstreut, ohne wirklich miteinander zu sprechen. Durch Reden hätte ich das Schlimmste riskiert, und so tat ich lieber, als würde ich nicht verstehen. Doch meine Unfähigkeit, mit Dir darüber zu sprechen, war eine weitere Niederlage für mich. Wieder einmal akzeptierte ich Deine Bedingungen. Dabei wäre ich so gern in den Turm eingedrungen, in dem Du seit Jahrtausenden ein geschimpftes, geschlagenes und verstoßenes Kind eingeschlossen hieltest, ein unsicheres, freches Mädchen, eine Frau, die in jenem Dschungel, den Du zum Schauplatz Deines Lebens erwählt hattest, herumirrte und zuweilen darin unterging. Nie werde ich erfahren, ob Du zu jenem Turm noch die Schlüssel hast, aber mit welchem Recht hätte ich es wagen können, danach zu fragen, wenn ich selbst unfähig war, das Geschenk zu erwidern?

Nur unsere Körper sprachen miteinander ohne Scham. Sie hatten ihre eigene Sprache, und sie waren uns voraus. Wir hätten ihnen nur zuzuhören brauchen.

Als wir wieder im Hotel waren, ging ich unter die Dusche. Einen unendlichen Augenblick lang genoß ich den energischen, reinigenden Wasserstrahl auf meinem Haar. Mir war kalt. In ein Handtuch gewickelt blickte ich auf eine Unzahl von Lichtern unten im Tal und stellte mir viele glückliche Menschen in der Sicherheit ihrer Häuser vor. Eine bisher ungeahnte Schwermut ergriff mich. Plötzlich fehlten sie mir: meine trockene, sonnenverbrannte Heimat, mein Zuhause, die Stimmen und Geräusche meiner Landsleute, die ich seit beinahe zwei Monaten nicht mehr gehört hatte. Nadeln der Einsamkeit durchbohrten mich. Welchem Traum lief ich da nach? Einen Moment lang umfaßte ich mein ganzes Leben mit einem Blick, wie es sonst wohl nur angesichts des Todes geschieht. Die Antwort war nicht bestätigend: das Auseinanderklaffen von Traum und Wirklichkeit hat mich noch nie getäuscht. Ohne es zu wollen, erkannte ich, daß mein Begehren mit einer Vorstellung von »Glück« zu tun hatte, die Du nicht hättest teilen können. Ob Du davor zurückschrecken würdest? Vielleicht hätten wiederholte, zufällige Übereinstimmungen die seelische Wüste vor Dir verborgen, aber was Du nicht wußtest, war, daß sie es Dir unmöglich gemacht hätten, weiterzugehen.

Ich fühlte mich wie eine Insel, als ich mich neben Dich aufs Bett legte, in Tränen aufgelöst. Nach einer Weile umarmtest Du mich und fragtest, warum.

»Ich will nicht leiden«, sagte ich einfach. »Es ist mir schon mehrmals im Leben passiert. Diesmal mache ich es anders. So kann mir keiner mehr weh tun.«

Ich wußte nicht, daß ich Dir erlauben würde, mir auf jede erdenkliche Art weh zu tun. Du bestandest darauf:

»Was mich angeht, so werde ich dir nicht weh tun, das kannst du mir glauben.«

Ich war zu verzweifelt, um die Lüge nicht zu schlucken. Ich küßte Deine Augen, Deine Stirn, Dein Haar, Deine Handflächen. Die Dankbarkeit verwandelte sich in Begehren. Ich klapperte mit den Zähnen. Du standest auf, um die Balkontür zu schließen, und strichst dann wieder kraftvoll mit Deinen Händen an meinem Körper entlang.

Deine Zärtlichkeiten waren selten, aber dafür fast immer aufrichtig.

»Ich möchte gern, daß du zum erstenmal in deinem Leben in deinem Gegenüber keinen Richter siehst. Ich würde niemals ein Richter in deinen Augen sein wollen. Du kannst dich mir anvertrauen, wenn du willst.«

Das sagte ich ganz leise zu Dir, zu leise. Vielleicht sagte ich es sogar nur mit dem Herzen, und heute weiß ich noch immer nicht, ob Du mir zuhörtest. Ich fuhr fort, es Dir mit meinen Händen zu sagen, indem ich Deinen Körper modellierte. Mit den Lippen fuhr ich Deinen Rücken entlang, und mit den Handflächen wiederholte ich es an Deinen Brüsten. Ich flüsterte es in Deine Achselhöhlen, während ich ihren Duft einsog. Und dann versuchte ich – ganz langsam, um Dich nicht zu erschrecken –, Deine Zunge zu verschlucken. Damit sie nie sagen könnte: »Geh weg.«

Es dämmerte, und wir hörten jetzt das Geräusch des Wassers in den Regenrinnen, die so nah beieinanderstanden, daß sie sich fast berührten in diesen Dorfstraßen, die mich immer an die Weihnachtskrippen meiner Kindheit erinnerten.

Ich liebe den Klang des Regens, er beruhigt mich, sein nachhaltiger Duft führt meine Sinne in die Vergangenheit zurück.

Du hattest Hunger und konntest wegen der Spannungen, die sich im Lauf Deiner hektischen Arbeitsperioden in Dir angestaut hatten, nicht schlafen. Deshalb machtest Du Dich auf die Suche nach der ersten offenen Bar und einem warmen Croissant. Ich versuchte zu schlafen, während ich im Geiste Deine energischen Schritte auf dem glitschigen Pflaster jener Gegend begleitete. Ich kenne sie gut, Deine energischen Schritte.

Nichts voneinander zu verlangen und weit entfernt voneinander zu wohnen war eine für uns unumgängliche Regel. Doch ich ertappte mich zu oft dabei, wie ich mit meiner Imagination in Dein Leben eindrang und voller Begehren Deinen Gedanken nachspürte.

Das Leben jedes einzelnen nimmt seinen Lauf, aber es sind Begegnungen wie die unsere, die die Richtung bestimmen. Sie bringen dessen verborgene Bedeutungen ans Licht. Sie weisen auf neue Möglichkeiten hin, und für die Zeit ihrer Dauer strahlen sie ein helles Licht aus, das bis zur nächsten Begegnung leuchtet. Und so bist Du die Stafette meines Daseins, während Du für Deines bekanntere Lichtquellen vorgezogen hast. Du bist lieber stehengeblieben, Dir fehlt das Vertrauen in die Veränderung, und so übergabst Du mir die Last all dessen, was zwischen uns nicht passiert ist. Soll ich es nun Weisheit nennen – oder Angst?

Ich rollte mich zusammen und zog eine Decke über das Leintuch: so konnte ich ausharren, bis Du zurückkamst. Noch heute harre ich aus. Bei Deiner Rückkehr würdest Du wieder an meiner Seite sein. Eng umschlungen würden wir daliegen und dem Regen zuhören.

Bei jedem Wiedersehen sollte die Wärme unserer aneinandergeschmiegten Körper, die nie stumm füreinander waren, uns fürs Warten entschädigen. Sie würde mich fürs Warten entschädigen.

Ein warmes Croissant auch für mich, andere Aufmerksamkeiten kamen Dir überhaupt nicht in den Sinn. Die Abreise wurde nicht verzögert. Ich zog mich hastig an.

»Ich gehe das Auto holen.«

Am Empfang war dieselbe hübsche junge Frau mit dem intelligenten Gesichtsausdruck, die uns schon am Vortag aufgefallen war. Ich beobachtete sie und stellte mir vor, wie komisch ich in ihren Kleidern aussehen würde: schwarzes Stretchhemd und schwarze, ausgestellte Hosen über Plateausohlen, die ihre Schritte behinderten. Eine Art westliche Chinesin, die perfekt in ihre Zeit paßte.

Ich fragte mich, was sie wohl über uns dachte. Und dann sagte ich mir, daß ich an ihrer Stelle die Papiere der Gäste nicht mit Gleichgültigkeit lesen, sondern mir ihr Leben vorstellen würde, ihre ferne Heimat. Ich kann dem gegenüber, was ich nicht kenne, einfach nicht gleichgültig bleiben.

Du kamst mit dem Auto herangefahren und parktest beinahe im Haus, damit wir nicht naß würden.

»Nicht schlecht! Beim Fahren ist dein Raumgefühl fast so gut wie meins.«

»Du Angeberin!«

Du warst ausgestiegen, bekleidet mit einem seltsamen militärgrünen Trenchcoat mit roten Tupfen. Er paßte auf raffinierte Weise zu Dir. Trugst Du ihn für mich an jenem regnerischen Augusttag im Herzen Umbriens? Ich sah Dich an, wie Du Deine schnellen, sicheren Bewegungen machtest, die typisch sind für jemanden, der Abschiede zwar nicht mag, aber daran gewöhnt ist, sie zu bewältigen.

»Gefällt er dir?«

»Du siehst bezaubernd aus, er ist wie für dich gemacht.«

»Stell dir vor, ich habe ihn vor Jahren in den Staaten gekauft, und heute trage ich ihn zum erstenmal.«

Er war aus Deiner Vergangenheit aufgetaucht, und ich hatte das Gefühl, er sei für mich ausgewählt worden. Welcher Zufall führte ihn an einem regnerischen Augusttag in den Kofferraum Deines Autos?

Für mich haben die Kleider, die die Leute sich aussuchen, eine Bedeutung, und zwischen uns war das zu einem Spiel geworden. Wir fanden Spaß daran, einander mit ausgefallener Kleidung zu überraschen.

»Du gefällst mir so sehr!«

Und sofort dachte ich, ich hätte eine Banalität gesagt. Sie war aus dem Gefühl entstanden, daß Du – vielleicht – anfingst, zu meinem Leben zu gehören.

Im strömenden Regen fuhr ich Dein Auto fast bis vor die Tore Roms. Du warst erschöpft und hattest Dich in kürzester Zeit in Deinen grünroten Trenchcoat vergraben, um zu schlafen, während ich Dich nach Hause chauffierte.

Von Zeit zu Zeit sah ich nach hinten, um sicher zu sein, daß Du noch da warst. Der Klang Deiner Kassette strömte in meine Ohren, jede Note und jedes Wort klang für mich, als hättest Du sie geschrieben. Ich verspürte jene Art von Glück, der niemand etwas anhaben kann. Ich überließ mich ganz elementaren Phantasien: Ich wollte glauben, es sei für immer.

In Rom schliefst Du in Deinem Bett weiter. Ich sah mir jeden Winkel Deiner Wohnung genau an, um mir alles einzuprägen und mitzunehmen. Ich betrachtete Dein Arbeitszeug und versuchte, es mit derselben Leidenschaft zu lieben wie Du. Sonst wäre ich Gefahr gelaufen, es zutiefst zu hassen.

Du schliefst immer noch, als ich ein Taxi rief, um meinen Zug noch zu erwischen. Nach fast zwei Monaten kehrte ich nach Hause zurück.

Die Geduld, mit der ich die Wochenenden mit Dir erwartete, hatte mich zermürbt. Trotzdem verspürte ich keinerlei Widerwillen. Zum erstenmal war mir das monotone Ruckeln des Zuges gleichgültig. Ich hatte auch nicht das Gefühl, mir Vorwürfe wegen der Angstzustände machen zu müssen, die mich allzuoft daran hinderten, das Flugzeug zu nehmen. Ich schimpfte nicht einmal über die unsinnige Länge dieser Halbinsel. Hatten meine Gedanken bereits einen neuen Kurs eingeschlagen? Wenn das, was mein Herz sich da erobert hatte, eine neue Art von Freiheit war, dann war es zweifellos eine sehr merkwürdige Freiheit. Ich hätte niemals gewagt, mein Herz von Dir zu befreien.

Deine Musik begleitete mich während der ganzen Fahrt.

Wer hätte damals geahnt, daß all dem nur noch wenig Zeit beschieden war? Daß das Ende mein Herz erbleichen lassen und meinen Geist verwüsten würde? Daß nie wieder jemand von der Welle meines Glücks erreicht werden würde?

Nichts war bis dahin mit solcher Kraft in meine Seele und meinen Geist eingedrungen wie die Leidenschaft für Dich. Doch ich hatte überhaupt keine Angst davor. Während der Fahrt kamst Du mir immer wieder in den Sinn, ich blickte in jeden Winkel Deines Gesichts, lauschte Deiner Stimme und verlieh ihr mit der meinen Gestalt.

Am Morgen, als ich kaum über die Türschwelle getreten war, wählte ich, den Koffer noch in der Hand, Deine Nummer.

»Da bist du ja! Wie geht es dir? Ich habe dich gar nicht gehört. Warum hast du mich nicht geweckt? Dann hätte ich dich zum Bahnhof gebracht.«

Auch ich antwortete mit Fragen.

»Und du? Geht es dir jetzt besser? Wie kannst du nur so unsinnig viel arbeiten und deine Gesundheit ruinieren? Geht es dir besser?«

Du mochtest es nicht, wenn man über Deine Arbeit sprach.

»Aber ja, mein Schatz, es tut mir nur leid, daß ich dich nicht zum Bahnhof gebracht habe.«

»Was hast du da gesagt? Wiederhole das.«

Du gabst nicht vor, nicht zu verstehen, was ich noch einmal hören wollte.

»Mein Schatz!«
»Noch einmal.«
»Mein Schatz. Aber jetzt ist es genug.«
Die Telekom hatte wieder einmal gut lachen.

11

Hätte ich Schiffbruch erlitten und glaubte zu ertrinken, dann würde ich mit aller Kraft um Hilfe schreien. Sicherlich käme mir jemand zu Hilfe. Warum sollte ich dann nicht auch meine Verzweiflung hinausschreien? Würdest Du kommen? Würdest Du meine Not, ins Leben zurückgeholt zu werden, verstehen? Ich schäme mich nicht, nach Dir zu verlangen. Ich werde keinerlei Ersatz akzeptieren.

Du fließt in meinem Blut. Ich kenne das Deine. Ich habe gesehen, wie es kraftvoll hervorquoll. Mit Sorgfalt trocknete ich es ab und näherte mich dann mit den Lippen. Ungeahntes Begehren ließ mich erzittern. Ich spürte, wie Dein Leben in das meine überging.

Während unseres Sommers, meines Sommers mit Dir, reisten wir mit einer Wasserflasche für uns beide im Auto. Ich habe noch nie gern dort getrunken, wo es schon andere vor mir getan haben. Ein unangenehmes Gefühl, das sich in Begehren verwandelt: das ist das banale Wunder der Liebe. Wir reisten mit einer Wasserflasche für uns beide, und Du wolltest, daß ich mit Dir singe.

Mit mir kehrtest Du oft in Deine Vergangenheit zurück. Mir waren diese Erfahrungen sehr fremd, aber sie kamen auf mich zu und gingen mir mitten durchs Herz. Ihr Vorhandensein machte mich so nostalgisch, als wären es meine eigenen gewesen.

Ich verspürte Deine Schwermut bei der Erinnerung und brachte Dich dazu, ein Lied zu singen, das jahrelang in Deiner Kehle gewartet hatte.

Vent fin. Vent du matin.
Vent qui souffle au bout du sapin
Vent qui chante

Vent qui dance
Vent, vent fin.

Ich war jedem Anflug von Zärtlichkeit wehrlos ausgesetzt. Ich sah Dich als ganz junges Mädchen vor mir, stark vor Begeisterung und Abenteuerlust in einem Deiner Pfadfinderlager. Ich stellte mir Dich vor, wie Du manchmal traurig und ein wenig einsam warst. Mit Dir wurde ich wieder zu einer Heranwachsenden, aber es gelang mir nicht, in Deinen Gesang einzustimmen.

»Das ist ein Kanon, sing mir nach.«

Du wurdest ärgerlich. Wolltest, daß ich es schaffte. Aber ich bin nun einmal unmusikalisch. Sagt man so? Obwohl ich einmal jemanden habe sagen hören, daß niemand wirklich unmusikalisch ist, daß man nur die Stimme schulen muß. Ich erinnere mich, daß in meiner Familie das Gesangstalent meiner Schwester zugeschrieben wurde.

Als wir klein waren, beschloß man, für sie ein gutes Internat zu suchen: sie war zu nachlässig beim Lernen und von einer Lebhaftigkeit, die nichts Gutes verhieß.

Mir erschien das wie ein Privileg, und ich setzte alles daran, auch dorthin zu dürfen. Und so geschah es, daß ich neben Latein auch Ordnung, »Umgangsformen« und noch etwas lernte, was ich jahrelang nicht zu benennen wußte: die Einsamkeit. Niemals wurde mir ein Pfadfinderlager zugestanden.

Doch ich bin eine Meisterin im Auswegesuchen und fand bald eine Lösung. Ich wählte mir eine Gesellschaft, die mich nie im Stich lassen würde. Obwohl sie mich von Zeit zu Zeit verließ, wohnte sie in meinem Herzen: ich würde »jemand Wichtiges« werden, so »gut«, daß alle mich, ganz bestimmt, mit vollkommener Liebe lieben würden.

Ich verlor mich im Lernen und Gehorchen, immer gestützt und begleitet von diesem Gedanken, der langsam Form annahm in den elementaren Phantasien eines Kindes, das belohnt werden wollte.

Später lernte ich, mir kleine Pausen zu gönnen, aber das Bedürfnis nach Bestätigung ist wie ein Spürhund, es sitzt mir immer im Nacken. Jetzt ist es wiederaufgetaucht, Dein Weggehen hat ihm neue Nahrung gegeben. Ich werde etwas tun, was größte Aufmerksamkeit verdient. Tausend Dinge werde ich lernen, ohne Französisch und Gesang zu vernachlässigen.

Du warst verstummt. Das Singen hatte Deinem Gesicht eine seltsame Grazie verliehen, ich hätte diese Leichtigkeit gern mit Dir geteilt. Ich nahm mir vor, singen zu lernen und dann wiederzukommen, damit Du es hörtest.

Jetzt, wo ich wieder eine Heranwachsende geworden war, fragte ich überall bei meinen Freunden herum, wer mir dieses Lied beibringen könnte. Ich lernte es. Doch Du kennst keinen Aufschub, Du gönnst einem keine Zeit, Du hast nicht auf mich warten können. Du hast mich Dir nicht zeigen lassen, wie ich für Dich gesungen hätte. Du warst schon woandershin geflohen.

Vor ein paar Tagen war ich mit zwei Freundinnen verreist, die sich viel mit Chören beschäftigen, und habe mit ihnen gesungen. Ich fühlte mich frei und glücklich dabei. Du warst nicht dort, um mit mir zu singen. Aber ich stellte mir vor, Du seist es.

Werde ich von Erinnerungen leben? Wird mir nichts anderes übrigbleiben, als Dir im Traum zu begegnen, nachdem Du mich im Wachen verfolgt hast?

Dein seidiges Haar wird mir aus den Fingern gleiten. Deine dünnen Arme werden die Hand zurückweichen lassen. Dein hartes Gesicht wird die Umarmung in Eiseskälte verwandeln. So lange, bis das Begehren erlischt. Und ich werde nicht wagen, ihm auszuweichen, glücklich, endlich Frieden zu finden.

Die Freunde, meine Bücher, die Musik, meine Heimat, alles, was von dem Bedürfnis nach Trost aufgefressen worden war, wird wieder aufleben in meinem Herzen.

Geist, Seele, Haut, Muskeln und Knochen, betrogen von unserer Abmachung, einen sicheren Kahn zu bauen, werden nicht mehr Deinen Attacken ausgesetzt sein: Du, die einzige, listige, mächtige Feindin.

12

Wenn der Mond lächelte, er sähe dir ähnlich.
Auch du hinterläßt diesen Eindruck.
Von etwas Schönem aber Vernichtendem.
Beide seid ihr große Borger von Licht.
Der Mondmund klagt O um die Welt, deiner ist
unberührt…
Sylvia Plath

Allzuoft stehst Du zwischen mir und meinen Freunden, zwischen mir und den Menschen, die mir wichtig sind. Ich habe dann das Gefühl, ich würde sie betrügen. Ich gäbe ihnen nicht genug. Zur Zeit bekomme ich viel Zuspruch. Alle sind geduldig und herzlich zu mir, und oft werde ich gefragt: »Du siehst so gut aus, du hast dich doch nicht etwa verliebt?«

Dann sehe ich sie liebevoll an, freue mich und wende mich wieder meinem Leid zu.

Manchmal erzähle ich wie besessen von Dir.

Keiner kann sich erklären, wie jemand, der anläßlich eines Arbeitsprojekts mein Leben kurz gestreift hat, es mit so vielen Erinnerungen überschwemmen konnte. Ich erzähle von Dir in der Hoffnung, jemand hätte ein Wundermittel, um mich zu heilen. Aber nichts kann mir helfen. Ich finde keine Ruhe.

Der Teil von mir, der Dich wegen der wahnsinnigen Grausamkeit, mit der Du auf ihn losgegangen bist, haßt, sinnt auf Rache. Doch der stärkere Teil ist derjenige, der verzweifelt ist und Dich in einer Art königlicher Bettelei anfleht.

Mit den Augen einer guten, großmütigen Göttin habe ich Dich betrachtet. Du Piratin der Liebe. Du glaubst wohl, Gefühle und Leidenschaft seien Orte für Wucherer? Was für grausame Zahlungen hat man Dir abverlangt? Wer in Deiner Vergangenheit ist schuld an meinem Leid? Wer hat Dich gedemütigt und fortgejagt, als Du darum batest, geliebt zu werden?

Wenn Du nach mir rufen wirst – denn Du wirst nach mir rufen müssen –, werde ich Dich um Aufmerksamkeit bitten.

Nichts darf die Zeit, die Du mir noch schuldest, schmälern. Du mußt die tiefen Wunden in meinem Fleisch heilen. Langsam werden Deine Lippen meine Wunden suchen. Deine

Hände werden mich ganz umschlingen, und ich werde ihnen kein Vergessen zugestehen.

Der 17. April ist mein Geburtstag. Erinnerst Du Dich nicht? Deiner ist vor drei Monaten gewesen, der Tag ist derselbe. Die Maschen der Zufälle umfassen auch unsere Geburtsjahre, die beide auf neun enden, wenn auch mit zehnjährigem Abstand.

Unsere beiden Siebzehnten waren uns wie ein Zeichen erschienen. Es gefiel uns, die Bedeutung unserer Begegnung dem Spiel des Zufalls zuzuschreiben. Ich freute mich zu sehen, daß diese Entdeckungen auf Dich eine nicht unbedeutende Wirkung hatten. Allerdings weiß ich nicht, ob Du auf diese Weise die Verantwortung für das eigene Dasein mit dem Zufall teilen wolltest, oder ob es für Dich bedeutete, daß die Richtung Deines Daseins stimmte.

Ich bin dem Zufall auch dankbar für seine Gefälligkeit, aber trotzdem muß ich sagen, daß ich höchst ungern meine Willensfreiheit gegen das Schicksal eintauschen würde.

Einer Freundin, die mir telefonisch gratulierte und mich dabei nach meinen Plänen für den Tag fragte, antwortete ich, ich würde den Tag damit zubringen, Dir zu schreiben. Sie, die des öfteren den Versuch macht, mich humorvoll zu trösten, kommentierte: »Im Fachjargon nennt man das ein Eigentor.«

Ich möchte Dir über meine Stadtwohnung berichten. Erinnerst Du Dich daran, wie ich Dir sagte, ich hätte sie gekauft? Sicherlich hattest Du gemerkt, daß es eine Art Geschenk für uns beide sein sollte. Du mußt gespürt haben, wie sehr ich mir gewünscht habe, sie mitunter mit Dir zu teilen. Die Renovierungsarbeiten gehen inzwischen zäh voran. Ich widme ihnen trotzdem große Aufmerksamkeit; die Wehmut ist jedoch meistens stärker als die Freude, während ich zusehe, wie die Wohnung wächst und Gestalt annimmt.

Zur Zeit bin ich in einer jener Phasen totaler Verzweiflung versunken. Ich frage mich, was für einen Sinn es hat, herauszufinden, ob uns nun das Schicksal zusammengeführt hat oder unser Begehren? Wird diese Entdeckung vielleicht die Grausamkeit des Epilogs mildern?

War es etwa ein Zeichen des Zufalls, das Dir die Idee für deinen unsinnigen Weggang eingab?

Während mein Geist auf der Schaukel der unsichtbaren, blinden Gründe des Herzens mit solchen Gedanken beschäftigt ist, taucht mitunter eine weitere bohrende Frage auf, die vielleicht zum Teil auch Dich betrifft, meine Angebetete.

Ich komme gerade von der Abschlußvorstellung einer Filmreihe über australische Filmemacherinnen zurück. »Warum sind sie besser als die Italienerinnen?« frage ich mich. Diese Frage erfordert eine wissenschaftliche Untersuchung möglicher Gründe. Doch schon bei einer Umfrage unter befreundeten Filmfans am Ausgang des Kinos wird an erster Stelle die Freiheit von den unzähligen ideologischen Überbauten des alten Kontinents genannt. »Und die deutschen Regisseurinnen? Was ist mit denen?« frage ich mich dann. Warum muß ich mich eigentlich ausgerechnet heute abend auf ein Thema einlassen, dessen Titel wie gesagt so lautet: »Warum sind die australischen Filmemacherinnen besser als die italienischen?« In dem Bewußtsein, noch nicht in der Lage zu sein, auch nur einen bescheidenen Beitrag zur Ehrenettung unserer Landesgenossinnen beizusteuern, richte ich meine ganze Aufmerksamkeit wieder auf Dich. Und auf einen Tag, an dem wir vom Strand zurückkamen und unsere Körper vom langen Ausruhen auf den Felsen ganz leicht geworden waren; Du drehtest Dich energisch mit mir im Tanz. Du bist größer als ich, und ich konnte meinen Kopf an Deine Schulter legen. Glücklich ließ ich mich von dem Rhythmus erfassen, den Du bestimmtest, immer schneller. Ich überließ mich völlig Deiner Führung. Für den Tanz sangst Du und hattest von der Assisi-Kassette mein Lieblingslied ausgesucht. Es stammte von einer großartigen Französin, vielleicht aus den sechziger Jahren, Barbara.

Nous danserons encore
Dans ces folles parades
l'oeil dans tes yeux de jade…
…Mais où donc êtes vous
où sont vos yeux de jade…

Bei dieser Gelegenheit erfuhr ich, daß die Freundin, die Dir vor Jahren ihre Lieder beigebracht hatte, aus derselben Gegend stammte wie ich.

War das immer noch das Spiel des Zufalls, das immer neue Fäden in unser Muster webte? Oder warst Du es, die den Zufall mit tausend Einfällen ausschmückte?

Über sie sagtest Du nichts weiter, und ich fragte nicht danach. Ich wollte nicht mehr wissen als das, was Du mir von Dir aus erzähltest.

Ich möchte nicht behaupten, ich sei Dir gegenüber völlig frei von berechtigter Neugier. Aber ich bin aufrichtig, wenn ich sage, daß ich mich immer bemüht habe, jede Art von Diskretion, die Du für Dein Leben beansprucht hast, zu respektieren.

Nach dem Tanzen war mir so schwindlig, daß ich mich ein paar Sekunden lang an Dich klammern mußte. Ich war erregt, glücklich, endgültig in die Falle Deiner Verführungskunst getappt, als Du anfingst, die Parodie eines Striptease aufzuführen. Ich lachte so sehr, wie es mir seit ewigen Zeiten nicht mehr passiert war, und ich mußte zugeben, daß Du ein phantastisches Talent für die Bühne hast. Mir ist klar, daß Du Dir dessen bewußt bist und dieses Talent sehr wohl zu nutzen weißt.

13

Unsere letzte gemeinsame Reise machten wir im September. Für eine Woche kehrte ich mit meinem liebsten Verkehrsmittel an die Orte meiner umbrischen Seele zurück. Ich fuhr meinen Caravan, und die Farben, die Gerüche, die Formen der Landschaft um mich herum wurden langsam zu einem Teil meines Körpers und ich zu einem der ihren. Die Halbinsel entlangzufliehen hat für mich immer schon bedeutet, die Grenzen meines Lebens zu erweitern und zu mir selbst zurückzufinden.

Ich hoffte, Dich auf dem Rückweg mitzunehmen. Der Sommer war schon fast zu Ende, aber bei uns ist der September noch warm und voller Licht.

Auf meiner Woche in Umbrien lastete das Gewicht Deiner Unentschiedenheit so lange, bis Du schließlich einlenktest. Ich weiß nicht, was den Ausschlag gab: Dein Verlangen nach mir, das Bedürfnis nach einer Erholungspause oder der Ruf meiner Insel.

Ich verließ die Gruppe einen Tag früher als vorgesehen, denn es gab für mich keinerlei Zweifel, wer in meinem Herzen den Vorrang hatte. Es mangelte nicht an freundlicher Neugier über meine Entscheidung.

Zwei Stunden Fahrt bis nach Rom. Ich drehte mein Gesicht dem Rückspiegel zu, um zu prüfen, ob ich attraktiv genug war. Ich betrachtete kritisch meine Hände. Waren sie wirklich so schön, wie Du immer sagtest? Ich dachte an alles, was ich sagen könnte, um Dir Deine Arbeit zu erleichtern und die Einsamkeit, die Dir dadurch entstand.

Du hütetest Deine Zeit eifersüchtig, und ich schenkte Dir großzügig die meine, die ich als mein wertvollstes Gut schätzengelernt hatte.

Für die Fahrt hatte ich mir Musik ausgesucht, jene Art von Musik, die bei mir Gefühle weckt und verstärkt. Als ich in Rom ankam, war ich freudig erregt bei dem Gedanken, Dich gleich zu sehen. Während ich Deiner Straße immer näher kam, versuchte ich, die Zeit auszudehnen, um die Erwartung noch ein wenig länger zu genießen, so lange, bis ich es nicht mehr aushielt. Seit dem letztenmal waren mehr als zwanzig Tage vergangen.

Deine Wohnung in Rom ist klein. Wie durch ein Wunder wurde ich jetzt bereits zum zweitenmal eingelassen. Ich bemerkte Dein Unbehagen, sie auch nur für vierundzwanzig Stunden mit jemandem teilen zu müssen, und bewegte mich auf Zehenspitzen, um mich möglichst nicht bemerkbar zu machen. Mein Blick schweifte über das Grün des Gianicolo und eine weiter unten gelegene gepflegte Terrasse zwischen Deinem Balkon und einem großen Feld, auf dem ein paar Kinder einem Ball nachrannten. Ich ließ meinen Blick weiterwandern bis zu den üppigen Geranien jener gemeinsamen Freundin, durch die wir uns kennengelernt hatten. Respektvoll drehte ich mich wieder dem Inneren zu. Die Stätten Deines Lebens übten auf mich eine Anziehungskraft aus, die nichts mit bloßer Neugier zu tun hatte. Ich bemerkte die Zeichen, die Du mit einem Filzstift auf die Abbildungen Deiner Heimatstadt gemalt hast. Diese Orte hatten zweifellos eine Bedeutung für Dich. Ich stellte keine Fragen.

Deine neueste Arbeit bedeckte in bunter virtueller Folge die Zimmerwände. Eine Handwerklichkeit, eine leidenschaftliche Kreativität, die mich mit Freude erfüllte.

Seit mehreren Monaten schon warst Du mit dem Ausarbeiten der gesammelten Daten und Ideen beschäftigt, Du versuchtest, Situationen und Personen miteinander in Verbindung zu bringen.

Du wolltest mir gern vorlesen, was Du geschrieben hattest, und ich war gespannt, es zu hören. Ich legte mich auf die Couch vor Deinem Arbeitstisch, und Du hast zwei Stunden lang gelesen und rauchtest dabei eine Zigarette nach der anderen.

Obwohl das Verlangen nach Dir Deine Gesten und den Klang Deiner Stimme überall in meinen Körper eindringen ließ, entfernte ich mich auch nicht einen Augenblick lang von dem, was Du vorgelesen hast. Zusammen mit Dir durchquerte ich noch einmal die Orte, erkannte die Personen wieder, doch nichts von all dem, was Du erarbeitet hattest, gefiel mir. Die Intensität, mit der ich gehofft hatte, daß sich im Verlauf der Lesung doch noch irgend etwas bessern würde, hatte mich zermürbt, und am Schluß hätte ich am liebsten alles mit einem Zauberspruch verwandelt.

Zum erstenmal ahnte ich, wie sehr ich in Dein Leben verwickelt war, in eine Leidenschaft für Deine Arbeit, aber ich wollte nicht, daß es ans Licht kam, vielleicht wollte ich es nicht einmal mir selbst eingestehen.

Mein Lob war schwach und unaufrichtig, aber ich brauchte nicht weiter zu lügen; das Vorlesen hatte Dir wohl selbst zu der Erkenntnis verholfen.

Wir schwiegen. Keine Worte hätten Dich trösten können. Ich merkte, wie Du die Schwelle zur Panik überschrittst, die bei Deiner Beziehung zur Arbeit immer auf Dich lauert. In kurzer Zeit verhärtete sich Dein Gesichtsausdruck und Du wurdest geistesabwesend und gereizt. Meine Antennen registrierten das alles, und meine Ohnmacht war vollkommen, jetzt, wo Du Dich in Deinen Panzer der Intoleranz zurückgezogen hattest.

In dem Schweigen, das jetzt folgte, klang mit, was ich Dich schon mehrmals hatte sagen hören: »Meine Arbeit ist mein Leben.«

Ich konnte mir vorstellen, daß Dein Bedürfnis nach Selbstbestätigung durch großes Leid ausgelöst worden war, aber mein Herz war nie frei genug, um Verdacht oder gar Kritik gegenüber einem derart vereinnahmenden Bedürfnis aufzubauen. Mit Schrecken ahnte ich, daß es mir feindlich gesinnt war und sicherlich alles daran setzen würde, Dich von mir zu entfernen.

Es war sehr spät, und ich war erleichtert, als Du vorschlugst, essen zu gehen.

In einem der wenigen Lokale von Trastevere, die noch geöffnet waren, machte ich Bekanntschaft mit Pizza mit Nutella. Ich sah Dich mit kindlicher Gier hineinbeißen und konnte mir ein Lächeln nicht verkneifen angesichts des Schokoladenbergs, der rings um Deine Lippen seine Spuren hinterließ.

Die Situation entspannte sich ein wenig, und ich freute mich über den kurzen Trost, den Du Dir verschafft hattest.

Aber manchmal hat mein süßer Schatz schon einen seltsamen Geschmack, das muß einmal gesagt werden!

14

Am Nachmittag des folgenden Tages beschlossen wir loszufahren. Wir wollten irgendwo an der Küste Kalabriens übernachten.

Wir hatten Rom gerade hinter uns gelassen, und ich sah oft zu Dir hinüber, damit mir keine Spuren der Unruhe oder Schatten der Reue entgingen. Ich hatte die Spannungen des vergangenen Abends keineswegs vergessen.

»Weißt du was, ich freue mich. Danke, daß du nicht lockergelassen hast.«

Du schienst glücklich zu sein, und ich fühlte

mich sehr erleichtert. Die Reise bekam langsam eine Art Urlaubscharakter. Vielleicht tat Dir das gut.

»Du gehst nie mit mir auf eine Wiese oder zum Tanzen.«

Ich wollte Dich provozieren, und Du lächeltest Dein einladendes, strahlendes Lächeln, mit dem Du nicht gerade großzügig umgehst.

»Mal sehen, was sich machen läßt.«

Ohne es aussprechen zu müssen, wußten wir, daß keine von uns beiden daran Interesse hatte, Kreuzzüge gegen die herrschende Moral zu führen. Uns war klar, daß wir all das schützen wollten, was an unserem Leben schützenswert war.

Das Ziel meiner Provokation war etwas anderes, und ich traf damit ins Schwarze. Ich verspürte eine seltsame Neugier auf Deine früheren Liebesgeschichten, ein Gefühl, das irgendwo zwischen Zärtlichkeit und Dankbarkeit für jeden, der Dich vor mir geliebt hat, angesiedelt war.

Wir hörten Sinead O'Connor *Don't cry for me, Argentina* singen. Eine intensive, schwermütige Musik. Ich hatte Dir davon erzählt, und jetzt begleitete uns diese außergewöhnliche Stimme auf unserer Reise.

Nur an der Veränderung der Nummernschilder konnte ich die zurückgelegten Kilometer ermessen. Ansonsten hörte ich Dir zu, wie Du mir von Deinem ersten Freund erzähltest, wie Ihr gemeinsam geplant und – mit beachtlichem Erfolg – das Problem Deiner Jungfräulichkeit in Angriff genommen hattet.

»Er kam am Nachmittag zu mir nach Hause, und wir schlossen uns in meinem Zimmer ein und machten uns ans Werk.«

Zu meiner Verwunderung bereitete mir die Vorstellung ein gewisses Unbehagen. Deine Erzählung ließ auf keinerlei Unruhe, »Gefühlsduseleien« oder gar Wehmut oder emotionale Verwicklungen schließen.

Wem schenkte ich da mein Herz? Aber das war nicht der richtige Moment zum Grübeln. Mit leichter Hand schob ich auch die zehn Jahre Altersunterschied beiseite, die zum erstenmal deutlich in mein Blickfeld gerieten. War es nur der Altersunterschied, der unseren Erfahrungen eine so unterschiedliche emotionale Prägung verlieh?

Inzwischen weiß ich es: Ich glaube, es ist die zu sehr in die Länge gezogene Form unseres Landes, die uns voneinander entfernt und dadurch in seinem oberen Teil lauter brave Buchhalter des Herzens heranwachsen läßt.

Immer neue Geschichten folgten, aber Dein unbezähmbarer Drang, darüber zu sprechen, gab mir das beruhigende Gefühl, daß Du vielleicht doch keine so schlimme Buchhalterin warst.

Deine Monologe einzudämmen oder gar darin ein wenig Raum zu gewinnen war kein leichtes Unternehmen für mich. Ich glaube, ich wollte Dir einfach nicht weiter zuhören. Meine Neugier war durch plötzliches Unbehagen bestraft worden. In meine Empfindungen Deiner »konsumistischen« Vergangenheit gegenüber hatte sich die Eifersucht eingeschlichen. Ich hatte das Gefühl, daß auch unsere gegenwärtigen Existenzen, die wir mit einem Abstand von mehreren hundert Kilometern führten, davon nicht unberührt bleiben würden. Zumindest was mich betraf.

Zum erstenmal entglitt mir die selbstsichere, freie Frau, die ich vorgab, in mir aufgebaut zu haben, und mir wurde klar, daß ich nie wirklich geglaubt hatte, diese Eigenschaften würden auch für die Gefühle gelten.

In Lagonegro verließen wir die Autobahn, eine der tückischsten und anstrengendsten ganz Italiens. Wir wollten etwas essen und ein Hotel suchen.

Weißwein aus der Gegend. Guter, frischer Fisch. Familiäre Aufmerksamkeit. Wir waren hungrig. Belustigt über meine Ungeschicklichkeit, botest Du Dich an, meinen Fisch zu entgräten. Der Wein machte Dich unbeschwert und fürsorglich. Erinnerst Du Dich? Du mußt Dich erinnern, Du warst doch mit mir dort, an jenem Abend, als wir in einem kleinen Restaurant an der Küste Kalabriens Weißwein tranken und mit dem Wirt plauderten, bei dem wir so spät am Abend noch eingekehrt waren.

Ins Hotel ging immer zuerst ich, und zwar allein. Du wolltest die Neugier nicht sehen, die sich im Gesicht von jemandem abzeichnen könnte, der von zwei Frauen nach einem Zimmer mit Doppelbett gefragt wird anstatt nach einem Zweibettzimmer. Später folgtest Du mir dann mit unbeteiligter Miene. Aber Professionalität erfordert eben kaltes Blut, und wir passierten so gut wie immer unversehrt und vergnügt die Schranke der Rezeption. Mir machte es Spaß, gegen die Konventionen zu verstoßen. Dazu kam, daß wir nie so satt voneinander waren, daß wir einen qualvollen Abstand zwischen uns hätten errichten wollen, und auch nie so müde, daß wir die Grausamkeit eines Schlafs ohne Liebesspiel herbeigewünscht hätten. Oft liebten wir uns, ohne daß der Schlaf überhaupt zu uns kam.

Ich zählte Deine Knochen. Ich spürte, wie die Adern an Deinem Hals sich zwischen meinen Lippen spannten. Du klammertest Dich aus Angst zu ersticken an meine Hüften. Jeder Vorsprung wurde mit unzähligen Liebkosungen ausgeglichen. Ich ließ Dich auf mich warten. Nur hier war mir gestattet, Deine Erwartung zu genießen, mich mit Dir zusammen darüber zu freuen. Ich malte tausend Kreise auf Deinen Rücken wie auf eine Leinwand. Ich war kühn, wollte mich Deiner bemächtigen. Wir wetteiferten, wer es länger aushielt. Die Erwartung machte Dich fiebrig, Du entzogst Dich, indem Du mich streicheltest, rastlos, wie auf einer aussichtslosen Flucht. Ich kapitulierte. Gab mich hin. Du hattest mein Begehren eingefangen, Du hattest es mit der Unruhe des Deinen vermischt. Du wolltest nicht mehr aufhören, ich spürte, daß es mich zerstören würde.

Acht Monate sind vergangen, und letzte Woche wollte ich Dich in Rom wiedersehen. In Deinem Gesicht war keine Spur von jener Nacht an der Küste Kalabriens.

Als ich Dich ansah, stockte mir der Atem vor Wut und Erregung, doch ich sah nur eine Wüste von Pickeln, die Du nicht bändigen konntest.

Als wir am darauffolgenden Tag abfuhren, war es schon zu spät, um die heißeste Zeit zu meiden. Nun blieben nur noch wenige Stunden, bis Du mit mir zusammen übers Meer fahren würdest.

15

Von jeher erregt und erweitert dieser Meeresstreifen auf ungehörige Weise meine Gefühle und meine Phantasie. Er schürt mein Begehren. Löst alle möglichen Arten von Angst aus. Seine Abgründe verlangten, daß ich ihnen den Schrein meines Herzens anvertraute. Meine Leidenschaft für Dich hat eingewilligt, ihn gemeinsam mit ihnen zu hüten. Die vielen Fahrten über diesen Streifen hinweg haben die Abschnitte meines Lebens markiert und dabei diesen Schrein mit den kostbarsten Perlen gefüllt.

Wir saßen auf der höchsten Stelle des Schiffs und sahen die Insel langsam näher kommen. Diesmal würde ich mich nicht umdrehen, um dem Festland nachzusehen. Mein Festland warst Du. Ich brachte es mit.

Ich bereitete mich darauf vor, die uralte und immer wiederkehrende Gemütsbewegung zu verspüren, die dieses Meer der Sirenen in mir auslöst. Es brodelt von ungerechten Tränen.

Langsam vorüberziehende Schiffe kreuzen stumm in der Ferne, hinter ihnen bleiben Furchen aus weißem Schaum zurück wie unzählige Milchstraßen auf dem Meer. Kleine furchtlose Kähne mischen sich darunter und schaukeln entsetzlich auf den Wellen.

Der Mythos zieht durch meinen Kopf. Die Erinnerung überschreitet die Grenzen meiner irdischen Zeitspanne. Auch die Liebe zu Dir geht über die Zeit hinaus. Sie wird dem Erzählen den Raum geben, ihren Spuren zu folgen, ohne sie durch Regeln und Modelle zu beleidigen.

Ahnungslos hüten weibliche Figuren den Mythos wie einen Edelstein, der sich wehrt, aus dem Fels befreit zu werden.

Hinter uns blieb der Leuchtturm zurück, dessen ausweichendes Kreisen bei nächtlichen Überfahrten den Blick fesselt und die Gedanken an sich reißt.

Ich sah, wie Du Dich dem Wind stelltest, hart, arrogant, mit trotzigem Gesicht; ich hingegen wurde jedesmal unweigerlich gebeutelt.

Die Insel, die inzwischen zum Greifen nahe schien, nahm stolz den Blick entgegen, mit dem ich mich ihr ergab. Zum erstenmal in meinem Leben überließ ich mich dieser Erde mit Dankbarkeit in den Augen. War es möglich, daß ich sie, die ich immer zu hassen glaubte, in Wirklichkeit über alles liebte? War es nicht auch mit meiner Mutter so gewesen? Und jetzt mit Dir?

Ich sah die Kraft und die Schönheit, die auch diesmal von ihr ausgingen und forderten, zu einem Teil von mir zu werden. Mir wurde bewußt, daß sie das immer schon waren. Ich vergaß jeden Groll über die restlichen Dinge, mit denen sie belastet ist.

16

Heute ist der 31. Mai. Unnatürliche Hitze ist plötzlich ausgebrochen. Ich halte die Türen geöffnet, Fliegendraht schützt mich vor den Myriaden von Insekten. Müde und durstig streichen die Hunde umher. Ein großer heller Mond zeigt mir die Silhouetten von vier Palmen, einem Feigenbaum, den Olivenbäumen. Sprühregen hatte meine Arbeit während des Nachmittags bis zum Abend begleitet. Ich rieche die feuchte Erde, die einer erbarmungslosen Sonne ausgesetzt war und jetzt wieder zum

Leben erwacht. Das Brummen Tausender von Fliegen, die den Maulbeerbaum unter meinem Fenster umschwärmen, hat sich wie durch ein Wunder gelegt. Ich nehme nur die Gerüche und Geräusche der Nacht wahr. Die Uhr der alten Kirche, deren Glockenschläge mir seit meiner Kindheit vertraut sind, schlägt auch die Viertelstunden und ist mir bei meiner Nachtwache ein Trost.

All dies gehört mir nicht mehr, es ist nicht mehr meine Geschichte und auch nicht der Ursprung meiner Identität. Es hat die Zauberkraft verloren, mit der es mich früher sanft in den Schlaf geleitete, unter dem Versprechen, daß sicherlich jeder meiner Wünsche bei Tagesanbruch in Erfüllung gehen würde.

Etwas Unvorhergesehenes, das sich nicht mehr vertreiben läßt, hat sich zwischen uns gestellt: Es gibt kein Morgen mehr.

Der Schlaf will nicht kommen, und im Halbschlaf taucht vor mir verschwommen eine Frau auf, deren nackte Schultern mir zugewandt sind. Sie sind mit blauen Flecken übersät. Ich kann Dein Gesicht nicht sehen, aber ich erkenne Deine makellosen Schultern. Endlich habe ich den Mut gefunden, Dich zu schlagen – zur Strafe für die unerträgliche Qual, die Du mir bereitet hast.

Hier küßtest Du mich ausgiebig vor der Abreise. Am Flughafen entferntest Du Dich dann, ohne Dich noch einmal umzudrehen. Immer war es mein Blick, der Dir folgte, bis Du außer Sicht warst.

Manchmal möchte ich Dich anrufen und Dich nach den Gründen für Dein unsinniges Verhalten fragen. Aber ich werde es nicht tun. Es ist panische Angst, die mich davon abhält, panische Angst vor einer definitiven Zurückweisung. Worte sind voller unwiderruflicher Entscheidungen, das Ungesagte hingegen bietet uns Sicherheit, es ist Ungeheuer und Fee zugleich. Es ist alles, was man will oder nicht will. Es schrumpft und wächst ohne Übergang.

Ich denke wieder an Dein hartes Gesicht an jenem zweiten November in Rom und an die Worte, die keinen Widerspruch duldeten:

»Diese Dinge muß jeder mit sich selbst ausmachen.«

Als Trost nur eine Fahrkarte für den Bus, der mich zurück ins Hotel bringen sollte.

17

Bist du eigentlich schon einmal in Augusta gewesen? ... Es liegt in dem kleinen Golf oberhalb von Punta Izzo, hinter dem Hügel, der sich über den Salinen erhebt ... Sicherlich, denn es ist ja der schönste Ort von ganz Sizilien ... Die Küste ist wild, nicht wahr...? Vollkommen einsam, man sieht kein einziges Haus; das Meer ist pfauenblau, und direkt gegenüber, hinter den schillernden Wellen, erhebt sich der Ätna; von keiner anderen Stelle aus wirkt er so schön wie hier, ruhig, mächtig, wahrhaft göttlich. Das ist einer der Orte, an denen man die unvergängliche Seite dieser Insel sieht, die so töricht ihrer eigentlichen Berufung den Rücken zugewandt hat: als Weideland zu dienen für die Herden der Sonne.

Giuseppe Tomasi di Lampedusa

Du beobachtest zwar die Welt mit Leidenschaft, aber aus rein beruflichen Gründen. Unter Deinem Einfluß war auch ich schon drauf und dran, mich in eine Berufszuschauerin zu verwandeln. Neben Dir hatte ich oft das unangenehme Gefühl, von Deinem Bedürfnis nach Informationen verschlungen zu werden.

Meine Heimat hatte sich Deinem Blick freimütig dargeboten. Auf der Suche nach Deinen Spuren kehre ich jetzt an die Orte zurück, die ich Dir so stolz gezeigt hatte, in der Hoffnung, Du würdest das Geschenk erwidern. Sie gehören mir nicht mehr. Als hätte ich dadurch, daß ich sie Deinem wachen, forschenden Auge aussetzte, für immer darauf verzichten müssen.

Heute bin ich zu den Felsen zurückgekehrt, die wie Terrassen zum Meer hinunterführen. Es war von einem intensiven, transparenten Blau. Die Kapernsträucher, die aus den elfenbeinfarbenen Felsen ragten, waren schon mit den schönsten Blüten geschmückt, die ich je gesehen habe, schöner als Orchideen.

Großzügig erboten sie sich, über mein Weinen zu wachen, sie sagten, sie gehörten mir immer noch.

Jedesmal, wenn meine Augen sich von dem dichten Tränenschleier befreien konnten, sah ich den Vulkan vor mir auftauchen, regungslos unter seiner ewigen federförmigen Rauchfahne. Er hatte die letzten Reste seines weißen Mantels abgeworfen, aus dieser Entfernung war er von zartblauer Färbung wie gemalt und schien mit der Spitze des Stiefels zu verschmelzen.

Ich könnte Dir gar nicht genau sagen, wie lange ich dort vor dem Meer stand, vor Deinem »Naturschwimmbad«. So pflegtest Du es zu nennen, wenn Du Dich immer wieder in seine Arme gleiten ließest, ohne Scham, ohne Angst, entdeckt zu werden.

Ich habe Deinen honigfarbenen Körper wiedergesehen und mir vorgestellt, daß ich Dich noch einmal dort erblicken würde.

Erleichtert überließ ich mich den Tränen, der Welt, dankbar, daß ich keine indiskreten Blicke erdulden mußte. Nur ein Fischer mit schlohweißem Haar ging schweigend an mir vorbei.

Dieses Meer, das sich mit unserem Begehren verbündet hatte, würde mir vielleicht noch einmal dabei helfen, Dich hierherzuholen.

Wir hatten den ganzen Nachmittag dort auf dem Wasser verbracht, als Gäste auf einem der Schiffe, die an der Prozession der *Stella Maris* teilnahmen. Die Regatta zu Ehren der Madonna des Meeres ist wie alle religiösen Feste dieser Insel mehr heidnisch als christlich.

Ein starker Wind war aufgekommen, und wir schaukelten stundenlang auf den gischtenden Wellen, die uns dank eines egozentrischen Steuermanns mehr als nötig bespritzten.

Wie durch ein Wunder überstanden wir das Abenteuer auf See unversehrt. Ich schlug Dir vor, uns für den Rest des Abends einem Club nur für Frauen anzuschließen, der auf einem Landgut den ersten Jahrestag seines Bestehens feierte.

Auf ein langweiliges, »archaisches« Zeremoniell eingestellt, fanden wir uns wider Erwarten in Gesellschaft fröhlicher Frauen jeden Alters wieder, die bei Musik und Gesang die Düfte von Orangenhainen und Rosmaringärten genossen, den frischen gegrillten Fisch und den weißen Landwein.

Spätnachts fuhren wir wieder heim, und ich würde lügen, wenn ich sagen würde, ich hätte die Gefahr nicht bemerkt, die von unseren durch die Ereignisse des Tages aufgewühlten Sinnen ausging. Der Wein und der Gesang dieser Frauen hatten die tausend Stimmen des Herzens für uns destilliert.

Als aufmerksame und höfliche Gastgeberin begleitete ich Dich zu Deinem Zimmer und gab Dir frische Handtücher aus Leinen. Als ich Dich noch davor warnte, in den Garten hinauszugehen, weil ich die Hunde freilassen wollte, hieltest Du mich zurück mit den Worten: »Bleiben wir doch noch ein wenig draußen, es ist so schön! Hättest Du vielleicht einen Whisky für mich?« Du warst wie ein kleines Mädchen, das sich über den letzten Streich des Tages freute. Als Du sahst, wie bereitwillig ich war, wolltest Du auch noch Zigaretten. Da ich nicht rauche, suchte ich alles ab, sogar die Autos der anderen Mitglieder meines Clans. Sobald wir wieder unter dem von Sternen übersäten Firmament saßen, wolltest Du, daß ich Dir etwas von meinem Leben in dieser Gegend erzähle.

Ich merkte, daß Du nicht allein sein wolltest und mich so lange wie möglich dort draußen aufgehalten hättest, deshalb schlug ich Dir vor, mich zu Dir ins Bett zu legen, bis Du eingeschlafen wärst. Doch dann verließ ich Dich die ganze Nacht nicht mehr. Noch wenige Minuten vorher hätte ich mir nicht im Traum vorstellen können, was an jenem Abend zwischen uns passierte. Aber ich schwöre, daß alles wahr ist. Es geschah am 20. Juni 1993.

Alles begann in jener Nacht, fast wie ein Spiel. Von diesem Moment an verwickeltest Du mich immer mehr in die Maschen des Begehrens. So lange, bis das Spiel der Verführung für Dich beendet war und Du Dich auf die allergrausamste Weise daraus zurückzogst. War es das Bedürfnis nach totaler Macht? Angst? Oder was sonst? Darüber mußt Du mir noch Rechenschaft ablegen.

Es war die letzte Nacht eines Deiner hiesigen Arbeitsaufenthalte.

Ich stand früh auf, verwirrt, voller Zärtlichkeit und mit dem Vorhaben, mich um ein reichhaltiges Frühstück für Dich zu kümmern. Ich würde an alles denken. Milch, Eier, Schinken, warmes Brot und, das allerwichtigste, Orangensaft. Du sagtest immer, Du könntest in der Frühe nicht darauf verzichten.

In der Zwischenzeit ging ich auf Zehenspitzen zu Dir, um Dich schlafen zu sehen. Du hattest Dich um ein Kissen gerollt, ein weicher, duftender Wattebausch. Nur schwer widerstand ich der Versuchung, Dich noch einmal in die Arme zu nehmen. Aber als Du schließlich auftauchtest – es war fast Mittag –, wagte ich nicht, Dich anzusehen, so verlegen war ich über das, was in der Nacht zwischen uns passiert war.

Ich hatte im Garten gedeckt, und Dein nicht gerade frugales Frühstück weckte die Neugier der zum Clan gehörenden Kinder, die den Tisch mit dem Fahrrad umkreisten und mich zu sich riefen, um mir ins Ohr zu flüstern: »Deine Freundin ißt aber viel, Tante!«

Für den Rest des Tages taten wir so, als würden wir uns an nichts erinnern; erst am Nachmittag, als Du Deinen Koffer schon gepackt hattest und dabei warst, das Haus zu verlassen, kamst Du voller Zärtlichkeit auf mich zu: »Ich möchte Dir auf Wiedersehen sagen.«

Nachdem Du mich lange geküßt hattest, sagtest Du, als wolltest Du alles herunterspielen – den Klang habe ich heute noch im Ohr: »Wir haben nur die Entfernungen verkürzt.«

Ich konnte dem Satz nicht dieselbe Bedeutung geben, die Du ihm vielleicht geben wolltest.

Du warst seit einigen Stunden weg, und am Abend befand ich mich mit Freunden in einem jener großartigen Freilichttheater, die uns eine vergangene Kultur geschenkt hat.

Zwischen zwei eindrucksvollen Ruinen sah ich in der Ferne wie in einer natürlichen Theaterkulisse eine Sichel aus unzähligen Lichtern, die sich im Meer spiegelte. Immer schon hatten die sommerlichen Aufführungen in diesem Theater einen magischen Zauber auf mich ausgeübt; an jenem Abend jedoch war es für die noch dazu besonders gelungene Aufführung von Verdis *Requiem* ein Kinderspiel, meine Verwirrung in rückhaltlose Begeisterung zu verwandeln.

18

Ich fahre weiterhin kreuz und quer durch Italien. Jede Abreise und jede Heimkehr ist von einer Traurigkeit gezeichnet, die mich im Geist Deinen Spuren folgen läßt. Ich stelle mir vor, Dir unverhofft zu begegnen, auf einem Bahnhof, einem Flughafen, vor allem aber in Rom, wo mir auch ohne einen echten Grund immer ein Vorwand für einen Zwischenstop einfällt.

Die grenzenlosen Umrisse der Stadt schrumpfen zusammen wie durch Zauberei. Das unbezähmbare Begehren, Dich zu sehen, dehnt jede noch so entfernte Möglichkeit derartig aus, daß die Vernunft keinen sinnvollen Widerstand mehr leisten kann.

Ich bereite mich auf die Begegnung vor, studiere einen Gesichtsausdruck ein und die Worte, die ich Dir sagen will. Bis dann die Enttäuschung anfängt, Begründungen zu verlangen, bis der Stolz mich peinigt und demütigt wegen dieser unerträglichen Bettelei um Liebe. Doch das Begehren weigert sich, vor der Scham zu kapitulieren, und flüchtet sich noch einmal in die Imagination: Du erscheinst mir auf dem Gesicht irgendeines Passanten.

Zu Gast bei jener Freundin, deren Fenster meinem Begehren einen realistischeren Zugang bieten, halte ich unter unerträglichen Qualen Ausschau nach Deiner Silhouette im Halbschatten hinter den Scheiben, jenseits des großen Hinterhofs, der die beiden Wohnungen unterhalb des Gianicolo trennt.

Ich werde mich nicht zu erkennen geben und Dich nicht anrufen, sollte es mich auch das Leben kosten. Doch versuche ich mir vorzustellen, daß Du ohne mich der Verzweiflung anheimgefallen bist.

Was mich betrifft, so habe ich eine Abmachung mit dem Leben getroffen, die seinen Vorwärtsdrang nicht hemmt. Ich werde Dich nicht zum Vergessensein verurteilen. Warum sollte ich Dich auch in die Vergangenheit verbannen? Einen Schleier wehmütiger Erinnerung über Dich breiten? Für mich bist Du in der Zukunft. Dort drängt sich meine Bitte dem Schicksal, dem Zufall gewaltsam auf. Sie sollen nur wagen, mich zu betrügen!

Aber während ich darauf warte, fühle ich mich einsam. Bisweilen fühle ich mich einsam, und nichts kann mich trösten. Ich gehe die Freundschaften durch, die Menschen, die mir nahestehen, die Möglichkeit einer neuen Liebe. Im Grunde warst Du nichts weiter als ein Zufallstreffer, eine Laune des Schicksals. Und doch ist es nicht die Einsamkeit, die meiner Bestürzung Sinn verleiht. Es ist Deine Abwesenheit.

Manchmal ist mein Schmerz so groß, daß ich irgend jemanden darum bitten muß, mich fest an sich zu drücken, über mein Haar zu streichen, diesen Körper zu heilen, der so voller Schmerz ist, so verstoßen, so in sich selbst verkrochen – wegen der Verzweiflung über jeden neuen Tag, der Deine Gegenwart nicht vorsehen darf.

Niemals wird der Rauch Deiner tausend Zigaretten zu mir zurückkehren, der Klang Deines »R«, das beim Essen französisch wird, Dein erregtes Klopfen mit den Fingerknöcheln, wenn Du Deinen Worten Nachdruck verleihen willst. Dein allzuoft beleidigter Blick, Dein lichterfülltes Lächeln.

Du Frau aus grauer Vorzeit. Kind. Reisegefährtin. Jene Gefährtin, die ich mir immer gewünscht habe.

Und ich, die naive Vestalin der Straßen der Seele, der Wege des Herzens, weder zynisch noch wirklich berechnend. Du warst das Symbol meiner Freiheit, die Kraft für meine Worte, der Ursprung meines leidenschaftlichen Dialogs mit der Welt.

In Dir nahm Gestalt an, was ich jedesmal fühle, wenn ich bei der Überfahrt der Insel hinter mir nachblicke und gleichzeitig das Festland auf mich zukommt. Ich hatte die Welt gefunden, die zu entdecken ich immer gehofft hatte. Und Du warst Ziel und Gefährtin meiner Reise dorthin.

Wir hätten immer wieder unser Ich verlassen, um jede zur anderen zu werden und doch wir selbst zu bleiben. Nur so, ich bereichert durch Dich und Du durch mich, hätten wir die Trennung zulassen können.

Du aber kennst nur die barbarische Horde: Gemetzel, Plünderung und Flucht.

Vielleicht habe ich Dir noch nicht alles gesagt, aber ich habe Dir vieles wieder in Erinnerung gebracht. Ich werde weiterhin Widerstand leisten und fordere die Gründe ein, die zu verlangen ich damals bei meiner Demütigung nicht in der Lage war. Jetzt weiß ich, wie ich Deine Haare packen muß, Dir die Kleider vom Leib reißen und Deine Eingeweide zerfetzen; und dabei werde ich jeden einzelnen Deiner verzweifelten Schreie registrieren, ohne jedes Mitleid mit Dir.

Nachdem ich nun meine Leser vor den Gefahren der Leidenschaft gewarnt habe, möchte ich sie auch in die ungewöhnlichen Umstände einweihen, auf denen das, was sie gelesen haben, basiert.

Es war am 3. November 1993, und einer meiner zahlreichen Aufenthalte in Rom war gerade zu Ende gegangen. Sparsamkeit war angesagt, und da ich sowieso eine Menge zu lesen hatte und noch mehr nachzudenken, beschloß ich, diesmal mit dem Zug nach Hause zu fahren.

Einige Minuten vor Abfahrt des Zugs nahm

eine Frau mir gegenüber Platz. Sie sah müde aus, und ich stellte mir vor, daß sie vielleicht gerannt war, um den Zug noch zu erreichen. Sie stützte den Ellbogen auf die Armlehne und das Kinn in die Hand und wandte sofort ihren Blick nach draußen.

Der Zug rollte langsam aus dem Bahnhof, und ich mußte nicht länger befürchten, daß noch andere Personen das Abteil besetzen würden.

Obwohl ich keinerlei Grund dafür hatte, erregte die Anwesenheit dieser Frau mein Interesse.

Als die letzten Häuser der Hauptstadt langsam aus dem Blickfeld verschwanden, bemerkte ich, wie ihr Blick ihnen mit einer schmerzlichen Zukkung nachhing. Es sah aus, als wollte sie sich mit aller Kraft an die Stadt klammern, als wäre sie gezwungen, dort ihren ganzen Lebensinhalt zurückzulassen.

Lange saß sie so da und blickte hinaus, und ich konnte sie dabei betrachten, ohne daß sie mich überhaupt wahrnahm. Schließlich zog ich meine Arbeitsunterlagen hervor und machte mich daran, die zehn langen Stunden, die die Fahrt dauern würde, sinnvoll zu nutzen.

Mit einer vollkommen automatischen Geste machte die Frau es mir nach und holte ein Buch heraus, das sie dann während der Fahrt nie öffnete. Sie hielt es auf den Knien und sah ununter-

brochen zum Fenster hinaus, verloren in dem fliehenden Raum jenseits der Scheibe.

Mir war sofort die Harmonie ihres kleinen Körpers aufgefallen; sie saß regungslos da, als wäre sie gelähmt. Sie war sicherlich nicht älter als vierzig, und es war mir unmöglich, mir eine andere Farbe für ihr weiches weißes Haar vorzustellen. Sie trug zwei winzige, ebenfalls weiße Perlen an den Ohren und ein Goldkettchen, das sie vier- oder fünfmal um das rechte Handgelenk gewikkelt hatte.

Von Zeit zu Zeit stand sie auf, und dann konnte ich sie von hinten betrachten, wie sie, ohne sich zu rühren, im Korridor des Zugs stand, immer nach draußen gewandt, als brauche sie weiten Raum für ihr Herz. Nach einer Weile kam sie dann wieder herein, setzte sich vor mich und goß sich Wasser ein, das sie so gierig trank, als wäre es, mehr noch als für ihren Körper, eine Wohltat für ihre Seele.

Wir waren bereits seit mehreren Stunden unterwegs, als sie sich zum erstenmal meiner Anwesenheit bewußt zu werden schien. Einige Sekunden lang begegnete ich ihrem Blick. Ich sah ein unfaßbares, ausweichendes Gesicht mit verwunderten Augen.

Wie um vor mir zu fliehen und doch mit der Außenwelt wieder Kontakt aufzunehmen, schminkte sie sich die Lippen. Das leuchtende Rot verlieh dem weißen Rahmen ihres Gesichts ein ungeahntes Leuchten, ohne jedoch die Falte wehmütiger Trauer, die ihre Lippen formten, auszulöschen.

In den folgenden Stunden geschah nichts Neues, nur daß die Gegenwart dieser Frau, irgend etwas an ihr, meine Aufmerksamkeit derart gefangennahm, daß meine Bemühungen zu arbeiten nicht über eine demonstrative Zurschaustellung hinausgingen.

Auf dieser Strecke hat man bei Sonnenuntergang auf einmal das Gefühl, der Zug würde aufs Meer zufahren. Das Tageslicht bündelt sich auf ihm in einem einzigen mächtigen Strahl, der bis in unsere innersten Gefilde dringt und sie befragt.

Die Frau war bereit, über ihre schmerzliche Heimkehr Rechenschaft abzulegen, und aus ihren Augen strömten Tränen. Es war ein stummes, unbeherrschbares Weinen.

Sie tat nichts, um es zurückzuhalten. Kein Schluchzer, keine Regung brachten ihr Gesicht aus der Fassung. Von Zeit zu Zeit trocknete sie ihre Tränen, als wolle sie Platz schaffen für neue. Sie gab sich ihnen hin, ohne sich zu schämen.

Ich wandte den Blick ab, auch wenn ich der Versuchung nicht widerstehen konnte, manchmal zu ihr hinüberzusehen. Unbewußt wurde ich langsam von einer seltsamen Rührung erfaßt. Vor mir breitete sich das weite Feld der Fragen und Vermutungen aus. Die Enge des Raums hatte eine Verschmelzung zwischen ihr und mir bewirkt, die nach Worten verlangte.

Ich überlegte mir sorgfältig, was ich sagen könnte, und wandte mich dann an die Frau mit dem Vorschlag, sich bei mir auszusprechen. Ich sagte ihr, daß das bestimmt ihren Schmerz leichter machen würde und daß der Umstand, mit einer Fremden zu sprechen, ihr um so größere Freiheit gewährte.

Als ich fertig war, wunderte ich mich über mich selbst. Unsere Welt ist so geizig, daß eine Geste wie die meine zumindest ein wenig seltsam wirken mußte. Was gab mir eigentlich das Recht, mich in den Schmerz dieser Frau einzumischen? Ich könnte nicht einmal sagen, ob es Neugier, Sympathie oder Mitleid war.

Die Frau sah mich an. Auf ihrem Gesicht zeichnete sich Dankbarkeit ab und zugleich das Bedürfnis, einem anderen die eigene Not mitzuteilen. Und so, wie sie sich zuvor den Tränen überlassen hatte, folgte sie jetzt gefügig meiner Einladung.

Das Weinen hatte die Spannung in ihrem Herzen gelöst, so daß die Stimme jetzt ruhig erklang, bisweilen von der Erregung der Erzählung be-

wegt, doch vollkommen frei von Verlegenheit über das, was sie mir erzählte.

»Ich liebte eine Frau mehr als alles andere auf der Welt. Ich hatte nicht geahnt, daß solches Glück möglich ist.«

So erfuhr ich, daß diese Frau, die sie so sehr liebte, am Vortag im Lauf eines kurzen Treffens an einem Kaffeehaustisch die Beziehung beendet hatte. Eiskalt, ohne einen ersichtlichen Grund, ohne ein Zeichen des Bedauerns oder des Schmerzes.

Auf einmal schwieg die Frau. Aus Scham? Um ihre Geschichte für sich zu behalten? Aber ich wollte noch mehr wissen, und die Reise war so gut wie zu Ende, also wagte ich es noch einmal. Da wir beide dieselbe Stadt zum Ziel hatten, schlug ich vor, uns zu treffen. Ich wußte, daß für sie jetzt das Martyrium der Schwermut, des Grolls, der tausend stummen Hoffnungen beginnen würde und daß das Bedürfnis, sich auszusprechen, sie vielleicht dazu bringen würde, mich aufzusuchen.

Fast zwei Monate waren vergangen, und ich erwartete schon nicht mehr, von ihr noch einmal zu hören, als sie mich Ende Januar anrief, um sich mit mir zu verabreden.

Das lange Schweigen der Geliebten war von

einem Geschenk unterbrochen worden: sechs Flaschen Wein. Sie war außer sich vor Wut, zutiefst verletzt.

Von da an bis weit in den Frühling hinein fanden unsere Begegnungen in beinahe regelmäßigen Abständen statt.

Meine Bereitschaft, ihr zuzuhören, war grenzenlos. Ohne es zu merken, wurde ich immer mehr in ihre Erzählung hineingezogen. Ihre pralle Lebenserfahrung strömte auf mich ein. Ich vollzog ihre Herzensangelegenheiten mit meinem Körper nach. Ich erlebte den Schmerz, die Liebe und die Lust mit, als würde ich ihnen zum erstenmal in meinem Leben begegnen.

Ich war Neuland für eine Erfahrung mit bisher unbekannten Koordinaten.

Für mich war die Liebe zwar immer eine sehr wichtige Angelegenheit gewesen, aber diesmal bewegte sich meine Vorstellung auf völlig neuem Terrain und mit bisher ungeahnter Intensität.

Im Lauf der Zeit machte ich mir ihre Gefühle, ihre Worte, Erinnerungen und einige ihrer Erfahrungen zu eigen.

Eine nicht genau erklärbare Verknüpfung war im Gange. Der große Bildschirm, der sich zwischen uns herabgesenkt hatte, teilte uns nicht mehr lange in Protagonistin und Zuschauerin. Bald begann meine Silhouette sich auf der dün-

nen Leinwand abzuzeichnen, und wir begegneten jener mir unbekannten Frau gemeinsam.

Wenn sie mich verließ, denn immer war sie es, die zu mir kam, schrieb ich, ohne daß sie davon etwas wußte, an einem langen Brief an ihre Geliebte weiter. Ich schrieb ihr inzwischen so, als liebte auch ich sie.

Gegen Anfang des Sommers wurden unsere Treffen dann wie durch ein Wunder immer seltener. Die Frau aus dem Zug litt immer weniger unter dem Zwang zu sprechen und ich unter dem zu schreiben. Das Wunder war vollbracht. Vielleicht würden wir der Geliebten immer noch mit der Macht des Begehrens gegenübertreten, aber die Tyrannei der Leidenschaft war jedenfalls besiegt. Jener Leidenschaft, die durch das Staunen dessen geschürt wird, der liebt und sich die Ablehnung des oder der Geliebten einfach nicht erklären kann. Oder auch dessen, der sich bewußt ist, recht zu haben, und nicht erträgt, daß sich seinem Willen etwas in den Weg stellt.

Inzwischen sind einige Monate vergangen, seit ich meinen Brief beendet habe, und bisweilen befällt mich eine unerklärliche Schwermut.

Sollte das Schicksal mich eines Tages tatsächlich vor das Angesicht der unbekannten Geliebten führen, so werden ihr keinerlei Zweifel an meiner

Identität bleiben: auch mein Gesicht ist eingerahmt von einem Kranz aus weichem weißem Haar.

PIPER

Dacia Maraini
Stimmen

Roman. Aus dem Italienischen von Eva-Maria Wagner und Viktoria von Schirach. 497 Seiten. Leinen

Die Journalistin Michela Canova gerät durch den gewaltsamen Tod ihrer Nachbarin Angela in den Sog eines mysteriösen Mordfalls, dessen Aufklärung für sie zur fixen Idee wird. Als sie endlich hinter das furchtbare Geheimnis kommt, das Angela mit ihrer Schwester geteilt hat, merkt sie, wie tief sie zu den traumatischen Wahrheiten ihrer eigenen Kindheit vorgedrungen ist.

»Man möchte Dacia Maraini mit ihrer leicht unterkühlten, stets ein wenig ironischen Schreibweise in eine Reihe stellen mit den großartigen englischsprachigen Kriminalschriftstellerinnen wie Celia Fremlin, Barbara Vine alias Ruth Rendell, Margaret Miller oder auch Patricia Highsmith.«
Literatur heute

»Man sollte langsam lesen, genüßlich, an kleinen Straßenszenen, an Wortwechseln, an der Beschreibung von Menschen und Räumen haftenbleiben. Dann wird man auch in diesem Fall das enorme Talent der Sizilianerin begreifen und bewundern.«
Die Presse

PIPER

Carlo Fruttero & Franco Lucentini

Der Liebhaber ohne festen Wohnsitz

Roman. Aus dem Italienischen von Dora Winkler.

319 Seiten. Halbleinen

»Ein Liebesroman, der im heutigen Venedig spielt, ist eine völlig unmögliche Sache. Venedig ist eine Postkarte, die man nicht mehr benutzen kann. Und gerade deshalb haben wir eine venezianische Liebesgeschichte geschrieben. Das Klischee ist der einzige Zugang zum Klischee.«

Fruttero & Lucentini

Der rätselhafte Reiseleiter Mr. Silvera und eine in Sachen Kunst reisende römische Prinzessin begegnen sich in Venedig und geraten in den Sog einer ebenso rätselhaften Liebesgeschichte. Nebenbei geht es um Kunstschmuggel, doch Fruttero & Lucentini verknüpfen kriminalistische Verwicklungen und die romantisch-phantastische Liebesgeschichte zu einem literarischen Erzählstück, das auch, so die Frankfurter Allgemeine Zeitung, »als treffende zeitgenössische Variation einer alten Legende oder als leichthändiger Erzählessay über die Unbeständigkeit der Liebe gelesen werden kann«.

PIPER

Giorgio Bassani

Die Gärten der Finzi-Contini

Roman. Aus dem Italienischen von Herbert Schlüter.

358 Seiten. Halbleinen

Bassani erzählt in seinem ersten, weltberühmten Roman eine verhaltene, wehmütige Liebesgeschichte. Der Erzähler erinnert sich seiner Liebe zu dem kapriziösen Mädchen Micòl, das im Haus der vornehmen Finzi-Contini heranwächst, aber für ihn immer unerreichbar bleibt. Jahre später erfährt er, daß sie mit ihrer Familie nach Deutschland deportiert wurde.

»Mit den ›Gärten der Finzi-Contini‹ legte Bassani seinen ersten Roman vor… eine Meisterleistung. Er liest sich fast wie eine Chronik, die ›Mémoire‹ dreier Jahre im Leben eines jungen Mannes, der zur Jeunesse dorée einer Provinzstadt in Italien, Ferrara, rechnet und plötzlich, 1937, mit der Rassengesetzgebung des Spätfaschismus zum Paria wird. Mit der Präzision eines Archäologen hebt Bassani ein Stück Leben Schicht um Schicht ans Licht, und die ›Gärten der Finzi-Contini‹ werden unter der Hand eines ganz reellen, ganz klaren Erzählers pure Poesie. Was Bassani de facto erzählt, ist eine Liebesgeschichte, so verhalten, so wehmütig, daß sie sich in ein paar Sätzen nicht einmal andeuten läßt.«
Die Welt

PIPER

Carlo Fruttero & Franco Lucentini

Der rätselhafte Sinn des Lebens

Ein philosophischer Roman. Aus dem Italienischen von Dora Winkler. 143 Seiten. Leinen

Ausgerüstet mit den obligatorischen zerknitterten Trenchcoats, einer kräftigen Portion geistreichen Humors und zwei Fahrkarten für den Orientexpreß mit Kurswagen nach Athen, starten F & L im Auftrag der italienischen Tageszeitung »Il Giornale« ihre ungewöhnliche journalistische Recherche. Schon ihre skurrilen Begegnungen im Zug bringen sie rasch auf eine schwindelerregende Fährte: Was hat es mit dem unsterblich verliebten anglikanischen Pastor auf sich, was mit den drei Archäologinnen aus Heidelberg oder gar mit dem Kollegen von der Londoner »Times«, der so einen verblüffend ähnlichen Auftrag hat? Und wer ist die geheimnisvolle Dame, die den beiden Journalisten immer wieder begegnet? Endlich in Hellas angekommen, gehen F & L ihrer existentiellen Frage an den klassischen Orten nach: in Agamemnons Mykene, Athens Plaka und natürlich beim Orakel von Delphi. Als Spurensicherer dienen nun ein griechischer Hirte, ein deutsches Tourismus-Unternehmen und ein Vogelmädchen, das ihnen in Sachen Seelenwanderung auf die Sprünge hilft…

PIPER

Julia Alvarez

Die Zeit der Schmetterlinge

Roman. Aus dem Amerikanischen von Carina von Enzenberg und Hartmut Zahn. 463 Seiten. Geb.

Die Familie Mirabal, mit ansehnlichem Wohlstand gesegnet, lebt auf einem karibischen Herrschaftssitz, umgeben von üppigen tropischen Wäldern und stattlichen Ländereien. Sie läßt nach außen nichts auf ihren Präsidenten kommen. Doch Patria, Minerva, Dedé und Maria Teresia, den vier schönen Töchtern Mirabal entgehen nicht die dunklen Schatten, die die grausame Diktatur Trujillos auf das Volk gesenkt hat.

»Im Dezember 1960 wurden drei Schwestern, die im Untergrund tätig waren, auf der Heimfahrt auf einer einsamen Gebirgsstraße im Norden der Dominikanischen Republik ermordet. Sie hatten ihre inhaftierten Männer besucht, die man tückischerweise in ein abgelegenes Gefängnis verlegt hatte, um die jungen Frauen zu zwingen, die gefährliche Reise auf sich zu nehmen. Nur die vierte Schwester, die nicht mitgefahren war, blieb verschont. Ich war noch ein junges Mädchen, als ich von dem ›Unfall‹ hörte, und seitdem gingen mir die Schwestern Mirabal nicht mehr aus dem Sinn.«

Julia Alvarez